U0734742

故事里的中国印象

我为祖国代言

读者原创版编辑部 ○—— 编

甘肃文化出版社

甘肃·兰州

图书在版编目（CIP）数据

我为祖国代言 / 《读者》（原创版）编辑部编. --
兰州：甘肃文化出版社，2021.7（2024.12重印）
　（故事里的中国印象）
　ISBN 978-7-5490-2028-7

Ⅰ．①我… Ⅱ．①读… Ⅲ．①纪实文学－作品集－中
国－当代 Ⅳ．① I25

中国版本图书馆 CIP 数据核字（2020）第 118730 号

我为祖国代言

《读者》（原创版）编辑部 | 编

总 策 划｜马永强
项目负责｜王铁军　郏军涛

策划编辑｜刘　燕　祁培尧　高彦云
责任编辑｜刘　燕
封面设计｜马吉庆

出版发行｜甘肃文化出版社
网　　址｜http://www.gswenhua.cn
投稿邮箱｜gswenhuapress@163.com
地　　址｜甘肃省兰州市城关区曹家巷1号｜730030（邮编）

营销中心｜贾　莉　王　俊
电　　话｜0931-2131306

印　　刷｜三河市富华印刷包装有限公司
开　　本｜690 毫米 ×980 毫米 1/16
字　　数｜165 千
印　　张｜15.5
版　　次｜2021 年 7 月第 1 版
印　　次｜2024 年 12 月第 4 次
书　　号｜ISBN 978-7-5490-2028-7
定　　价｜69.00 元

序言

时光不染，岁月流金。跨过历史的长河，我们追寻火红的足迹，穿过岁月的征程，我们拥抱伟大的时代。

时代，既是源自悠久过去、绵延至今的一段历史足迹，亦是以今为初始、朝蓝图进发的持续进程。发祥于黄河流域的中华文化，孜孜不倦，与时同行，已历经千百春秋，在不同的时期坚守，把握时代命脉，留下深刻烙印。

岁月的时光瓶，为我们沉淀成长的记忆，也为我们记录奋斗的足迹。人生只是弹指一挥间，虽然在时间维度上短暂，但我们不要忘了为自己的时代鼓掌。掌声中，时光的镜头已缓缓拉开，曾经的那些记忆随着时光慢慢浮现。

中华人民共和国成立以来，"扎根黄土地，亦取养于土地，食不可缺"的袁隆平埋首农田，躬耕不懈，以亩产破千的杂交水稻解决了有史以来最为棘手的粮食问题，使广大人民更有气力投身社会主义建设；"年过古稀未伏枥，犹向苍穹寄深情"的"牧星人"孙家栋刻苦钻研航天技术，从"东方红一号"到"嫦娥一号",从"风云气象"到"北斗导航",60多年来在太空升起数十颗星,以熠熠"北斗"为中华、为世界指引方向;"放眼浩瀚海洋,绘出一道道时代航线"的新青年叶聪将"蛟龙"从图纸化作潜海重器,直下千丈探索深海极限,使中国成为继美、法、俄、日之后第5个掌握大深度载人深潜技术的国家;"用愚公精神创造生命奇迹"的八步沙"六老汉"和他们的后人,先后治理荒漠近40万亩,筑成了一条防风固沙的绿色屏障,让风沙线倒退了15公里,有效地遏制了沙进人退的被动局面,他们凝聚的精神脊梁,撑起了八步沙的一片晴空,书写了一段悲壮、豪迈、可歌可泣的故事……

改革开放以来,中华民族逐渐在时代的激流中站稳脚跟,不惧博弈与竞争,屹立于世界民族之林。这盛世辉煌的背后,是无数英杰才俊、星火青年,将青春、血泪尽数挥洒,以愿景梦想绘制祖国蓝图。他们逆着时代洪流,将崇高的理想、追求融入爱国主义精神,以己身诠释着时代命题,代代传承,至于不朽。甘肃文化出版社与读者传媒期刊中心携手打造的"故事里的中国印象"系列丛书,以全方位展现中国共产党成立以来的辉煌成就为出发点,通过讲述大量充满温情、感人肺腑的中国好故事,大力宣传"时代楷模""最美人物"等先进典型,全面展现全国人民齐心协力实现中华民族伟大复兴的历史画卷,展现在党的正确领导下,民族独立、国家富强、百姓安居乐业,中国正式踏上实现民族复兴梦想的伟大征程。本丛书共 10 册，包括《锦绣河山万里》《追寻一缕时光》《丹心挥洒新愿》《盛世绘就梦想》《我为祖国代言》《一生终于一事》《福顺只须修来》《不忘初心归去》《岁月如此多娇》《家国处处入梦》。丛书里的每一本书都从一个小侧面反映中国共产党成立 100 年来祖国大地上的巨大变迁，用一个个温情的小故事来讲述普通人为之奋斗、为之拼搏、为之努力的人生。

《锦绣河山万里》收录了 41 位作者从不同的视角描绘的 41 座不同历史、不同个性的城市发展变迁历程，这 41 座城市各具特色，风格鲜明，映射出那一方水土孕育的独特人文风貌，更体现出国家日新月异的发展变化。

《追寻一缕时光》以大量真实、贴切、温情的经典故事，展现各行各业的代表人物对行业发展及自我生活工作经历的回顾，以小见大，以点到面，展现中华人民共和国发展繁荣的历史画卷。

《丹心挥洒新愿》讲述了祖国建设各条战线上开拓创新的动人事迹，展现了全国人民创新创业、奋发作为的历史画卷。

《盛世绘就梦想》收录 25 位从 1949 年起在各行各业有贡献、有影响、有成就的人物，他们是造就盛世辉煌的践行者和见证者，通过本书我们将引领广大读者一起触摸历史、展望未来。

《我为祖国代言》讲述在海外工作、学习的中国人心怀故土、矢志不渝的爱国情怀，展现一个个奋斗不息的人生历程，一个个充满爱和理解的家庭，讴歌积极向上的人生态度和爱国为家的良好传统。

《一生终于一事》选取《沙漠赤子》《破希望》《来自乡村的寒酸礼物》等 35 个故事为广大读者展示普通人摆脱贫困，争取幸福生活的奋斗历程。

《福顺只须修来》讲述新时期和谐忠厚、和顺亲睦的中国好家庭，倡导以爱齐家、以德治家的中国好家风。收录有《父亲和书》《外婆这样的女人》《浓淡父子间》《乖小孩》等几十篇带着浓浓亲情且有温度的文章。

《不忘初心归去》选取了三十余篇关于理想、关于奋斗的文章，展现了企业家、科学家、工人、教师等各行各业的人们坚守理想，矢志不渝，最终走向成功人生的故事。

《岁月如此多娇》通过一个个平凡人的小故事，带领读者走进他们的幸福，感受平凡生活中的温暖，展现新时期老百姓幼有所育、学有所教、劳有所得、病有所医、老有所养、住有所居、弱有所扶的幸福生活画卷。

《家国处处入梦》通过一个个渗入灵魂深处的小故事，展现中国人民矢志不渝的爱国爱家情怀，弘扬新时代的爱国主义精神。每个人的灵魂深处对于家国都有不一样的情感，对于军人，家国就是他们保卫的那片边疆；对于农民，家国就是他辛勤耕耘的那块土地；对于作家，家国就是他心中最美好的存在。

　　忆往昔峥嵘岁月，看今朝锦绣河山。回首中国共产党成立的 100 年，华夏神州留下了太多的变化奇迹。国家经济快速、平稳、健康发展，曾经的低矮、陈旧已经被眼前的崭新、繁华所取代，绿意婆娑的公园、鳞次栉比的高楼，商贾市集，车水马龙，一派勃勃生机。一个个梦想的实现，一份份成就的辉煌，无不彰显着每个人心中的"中国梦"。

　　时光恰好，岁月丰盈！让我们和这个时代一起绽放，也伴随着这片神奇土地不断成长。

本社编辑部

2021 年 5 月 20 日

目录 CONTENTS

柯莱特

◎ 田弘毅

　　已经明显能感觉到飞机在降落了。我按照空姐的指示，调直椅背，收起小桌，打开遮光板。先是一片海，地中海，它的蓝填满飞机椭圆形的窗户，这窗户便成了一块巨大的海蓝色截面。狭长海滩上的建筑由小变大，港口密密麻麻停着足有上百只小艇，清一色的纯白，倏忽掠过去了……

　　我就是这样和法国的蒙彼利埃见面的。

　　两天之后，我见到了寄宿家庭的女主人柯莱特。开车回去的路上，她耐心地纠正我每一个语法错误，不管多么细小——量词、数词、动词变化。实在无法交流的时候，她用带着浓重法国口音的英语一字一顿地解释，我则如鱼得水，长舒一口气。小巧的标致车在蒙彼利埃狭窄幽曲的巷道里穿行，我早已放弃顺便认路的打算。大约半小时后，车停在一处院落门口，路旁停靠的一辆车下面，一只野猫的眸子在将落未落的暮色里投来浅浅的、绿莹莹的光。铁门打开，脚下遍地的碎石子，发出密集的、树叶窸窣般的声响。漆成淡蓝色的木门上挂着一个牌子："欢迎！"这是我接下来 5 个月的时间里要称作"家"的地方。

我与柯莱特及她的朋友克里斯托弗住在一起。根据学校要求，寄宿家庭负责学生的晚饭，所以我有机会品尝到法国普通家庭的日常饮食。即便没有法国餐馆里近乎卖弄的夸张，柯莱特家的晚餐也有着明确的规矩。盘碟刀叉的摆放，杯子的选取，以及正式开饭前的那一句"BonAppétit"（"祝你有个好胃口"）都是我需要学习的东西。我发现柯莱特吃得很少，连每天在外奔波 9 个小时的克里斯托弗也是。而大多数情况下桌上也只有一道主菜，肉不能说少得可怜也的确少得令人轻轻皱眉，这一点和我道听途说的法国人餐桌上的丰盛不同。另一个让人沮丧的发现是，晚饭通常要到 8 点甚至 8 点半才能做好。

柯莱特 49 岁，自由职业者，经营自己的网站，做室内装潢设计，经常要去外面见客户，在如今经济不景气的年头生意有些费劲。她像我见到的大多数法国女人一样烟不离手，任何时候都是一副烟雾缭绕的样子。她的眼睛时常半眯着，越发显出眼角的纹路和年深日久的眼袋。她经常和我提起生意的艰辛，我注意到她夹着香烟的右手微微抖动，燃着的烟头上坠下细碎灰白的烟灰。谈及生活的不易，她脸上倒经常带着微笑。这是一种让我困惑的微笑。

我很难说服自己相信这微笑是那种处于困境因为内心的希望和乐观而外化的笑，我更觉得这笑容里带着恐惧。笑容应该像一颗石子，能把一张静如水面的脸庞整个唤醒。而柯莱特的笑，如果非要比喻的话，像吸尘器，两边嘴角扬起，颧骨上的肉抬高少许，脸上露出空洞无助的神色，笑容把生气和精神吸了个干净。这样的谈话经常以她极缓慢地吐出一口烟而结束。她还告诉我，要是没有学校每周给她寄宿家庭的补贴，她真得考虑去找一份朝九晚五的安稳工作了。

她与前夫有两个儿子，与我年纪相仿。大儿子马克西姆在外地一家运动用品店上班，不常回来；小儿子尤里斯因为有听说障碍，暂时留在这里。不久前尤里斯过了 22 岁生日，因为沟通困难，一直没能找到工作，仍然依靠柯莱特和前夫供养。柯莱特时常督促他要多出去，多认识些人，好弥补自己的劣势。尤里斯有些固执，使得这种善意的督促每每激化升温，变成母子之间的争吵，柯莱特的手语和尤里斯含混的发音搅在一起，最后总是以母亲的眼泪收尾。尤里斯骑着摩托车，气呼呼地返回自己的公寓，柯莱特望着满桌杯盘狼藉和坐在一旁不知所措的我，脸上慢慢浮现出那种空洞的笑容。我说了些安慰的话便不知该做什么，她关上灯点了烟，一个人坐在客厅，屋内飘荡起蓝色的烟雾。

我无法否认，自初中以来自己的性格越发变得孤僻，虽然还没有到患上人群恐惧症的地步，但我总是倾向于一个人做事——独自旅游，独自看电影，闲来无事喜欢去图书馆借一本小说而不是叫上朋友去街上瞎逛。柯莱特似乎对我的生活方式不以为然，她经常像劝尤里斯那样劝我多去参加同学的聚会，不要每天一放学就回家。我理解她的好意，于是逆着自己的性子去过几次派对，但我一点儿也不喜欢，我觉得没有什么事情是比和一群自己不感兴趣也不对脾气的人扎成一堆说些冠冕堂皇的话更加亵渎时间的了。我仍然放学早早回去，多半时间在自己房间里看书或者逗猫，柯莱特见屡次劝说都无效果，只好对我这个"独死鬼"听之任之了。

冬去春来，广场上来往的人群脱去外套，温煦的阳光从澄澈如洗的天空中直照下来，被路边建筑工地旁的绿色防护网切分成无数小块，若加快脚步，眼前的景色会有电影画面一帧一帧跳过的感觉。时间不紧不慢地过着，我去了周边几个国家，学期也到了将要收尾的阶段。柯莱特网上的生意近况很糟，她每天下午坐在电脑前面发呆，满脸疲惫，身上的衣服也没有换，看上去和穿着它的人一样筋疲力尽。晚饭的时间稳步地向后推移，我常常饿得头晕眼花。有一天，我终于问她能不能把晚饭的时间提前，她解释说这是法国南部地中海沿岸的习惯，要不是照顾我这个外国人，夜里11点开饭都是常有的事，言罢再朝我标志性地一笑。

我带着极大的怀疑向我周围住寄宿家庭的同学打听，他们都瞪大眼睛投来惊诧的目光。这儿的物价不低，我只好在屋里大量囤积薯片、面包等价格实惠且顶饱的食物，有时也在晚上开饭前煎两个鸡蛋先垫着。有一天，柯莱特把我叫到客厅，郑重地对我说鸡蛋不能多吃，她的一个营养师朋友告诉她，人一周吃鸡蛋最多不能超过 4 个。我一面点头称是，一面担心我远在千里之外热爱健身的朋友们，天知道他们的健康正受到严重的威胁！从那以后，我就自己买鸡蛋放在冰箱空着的一层。

柯莱特的情绪开始越来越急躁，她和尤里斯常常说不上两句话就大吵起来。一天晚上，她少有地主动把儿子叫回来吃晚饭，尤里斯脸上有掩饰不住的喜悦，但餐桌上罕见的沉默令我也感到不安。终于，她用手语一个字母一个字母"拼"出一句话："尤里斯，我已经帮你把在里昂的新公寓联系好了，你这周末就搬过去吧。还有，以后尽量不要回家吃饭了。"尤里斯发出一声怪异的号叫，好像森林里的动物受到了突然袭击。

他猛地摔门出去。我直到临走前的几天才再见到他。

过了几天，学校要搞一个庆祝活动，柯莱特不知怎么也知道了，就催我去，我碰巧已经有了别的安排。她站在我身后，似乎过了很久，才开口说："你没有朋友吧？"我的脑袋像是被谁从暗处捣了一拳，我回过身去，和那张熟悉的笑脸四目相对。我定了定神，笑着对她说："是呀，我没有。"我发誓我从来没有笑得那么阳光灿烂过。

那天之后的将近一个月时间像一段默片，不声不响地很快过去。我离开蒙彼利埃，回到气温稳步升高的西安。人们充满好奇地问了我许多问题，多半关于红酒、奶酪或者卢浮宫，我心不在焉地给出些模棱两可的答案匆忙应付。但我对自己的问题却不知道如何回答：我在过去的几个月里收获了什么？也可能我本就无法给出一个像小学生作文最后一段似的明确答复。时间久了，一些零星的想法从我心底浮起。世上的人，无论身在何处，都在与周围的世界接触周旋，都有自己的挣扎。正因如此，宽容和理解是最难能可贵的了。但我知道，人们是不会对这样的答案感到满意的。

"水星"上的丽茜

◎ 淡 豹

　　那天，我去了芝加哥城南的一家按摩店。在北美，机器比人常见，自助服务比人工更便宜便捷。像按摩这种需要服务人员投入大量劳动的行业，从业人员多为新移民。曾担任《当哈利遇到莎莉》《西雅图夜未眠》等经典浪漫喜剧编剧的诺拉·艾芙隆曾在《保养问题》一文里说，像她这样出生于二战期间的美国女人本来并没有频繁做指甲的习惯。直到 20 世纪 70 年代，韩国移民大量涌入，开办美甲店后，别人拿把小锉刀为自己精心修剪双手的倒刺才成为纽约客能以低价享受的服务，以至于她说："我有时觉得纽约的美甲沙龙比指甲的数量还多！"

　　这家按摩店是我在芝加哥住了几年后发现的。它提供我们习惯的中国式按摩，无须像瑞典按摩那样脱衣。台湾老板娘说我熟悉的师傅都正忙，不如试试一位叫丽茜的。

　　房间安静，音乐低回，她走进来。不出意料，她是中国人，想必"丽茜"这个英文名只是用于工作，方便与本地顾客打交道。她年纪不轻了，怪不得老板娘称她为"新来的大姐"，烫鬈的半长头发打了摩丝，硬邦邦的，眉毛文得又黑又细，笑吟吟的圆脸，是我熟悉的北方中年女人的样子。

　　我和大姐打了招呼，她问我："你多大？是中国人吧？""多"字发二声，"国"字发三声，这是我的家乡方言。聊了聊后知道，她果然来自我 16 岁时离开的那个城市。

　　按摩时，她不时叹气，像不自知。"我下岗了，家在工业区那边，你去过吗？"她问。确实是家乡的中年女人呀，我熟悉这种声调。

　　在因为黑而静得近乎肃穆的按摩房里，她的声音响得无忌。她让我躺平，抬起我的左腿，我的脚碰到她的胸，她也挺自然。在家乡那些漫长的重水墨色的深秋与冬天，我和身边的每一个小孩一样，脱下毛裤还要换棉裤，腿上总是绷得太紧，能自己穿上，却不会自己脱下来。每个夜晚，我躺在床上，妈妈站在床脚，抬高我的腿，帮我把棉裤拽下去，就像现在这样。有时我抓住床边，妈妈和我一来一往故作拔河状，裤子松脱让我一阵痒，咯咯笑起来。有时，我故意放手，妈妈一使劲儿，我就和棉裤一起冲进妈妈的怀里去。那是种毫无忧虑的、放肆的欢乐，我和妈妈笑成一团，人笑得太厉害时头脑会有种缺氧般的感觉，和哭狠了一样。

　　童年的我没有时间感，未曾想过那些与家人相依着生活的日子是否会永无止境。我似乎能听见自己的笑声,在记忆中,那些笑声是翠绿色的。

黑暗中,只有房间角落的电视发亮,播放着似乎永恒静止的东方好山水。她翻找一会儿,走开又转回来,说:"还以为没拿毛巾呢,不就在这儿!"自言自语中,她用按摩巾盖住我的眼睛,坐到我右侧,在毯子中摸索着找到我的手,握住,开始按。她叹息:"小手儿冰凉。"

按摩巾盖着我的眼睛,我哭起来。那腔调熟悉,"手"字带着儿化音,场景恍如昨日,一个中年女人坐在我的床边,在黑暗中握住我的手,表示她的心疼。我从小手脚很凉,离开妈妈以后,我的手曾经在很多不同的手套里,不同大衣的口袋里,不同人的手里,好多年没有这样过了。有一次读到朋友的文章,她写自己生病回家,妈妈行叫魂仪式,坐在她的床边不倦地按着她的手臂,要唤回女儿的魂。读时,我暗生羡慕。如今在海外,忙碌而孤单时,一个人在家,也会叫妈妈,猫听见呼唤就走来。以前我在妈妈的身边,后来我在妈妈的附近,现在我在远方。

很想回家去。在黑暗中,一块毛巾下面,可以随便哭,眼泪把脸烫着了。

数万年前,那些即将成为美洲印第安人的亚洲人,在渡过白令海峡的陆桥时,是不是也流过很多眼泪呢?猎人跟随在迁徙的猛犸象与巨鹿身后,到达新土地,看冰河期结束,身边的冰山裂开又融化,大陆裂为两块,再也不会合起,桥消失于水中,水奇异地汇集成为海洋,渐渐淹没回家的路。

这样的人，是不是必定要把眼泪留在身后，让眼泪随雪水没过曾经的陆桥，忘掉记忆，才能不太心慌地活着呢？当记忆无人诉说，他们就获得了凡人生存要求的镇定，成为新人的祖先。

新文明的降生是对旧日子的终结。或许像法国人夏多布里昂说的那样，生命不过是记忆的幻影。那么，生命或许经常拿生活当盾牌，好抵挡记忆，也抵挡随记忆而降的泪水的侵蚀。

不记载历史，也是一种勇气吧？新的家园，是不是必须建造于告别之上呢？人类洗刷记忆的能耐，是不是源自神的慈爱呢？让怯懦的我们能没有历史、没有退路地走着，朝向某种辽阔？海水是不是先民的眼泪，不然为什么是咸的？

在大陆之间，地表或许也曾压抑自我膨胀的欲念，为安放人类积累的液态悲伤，一再凹陷不止。这颗行星，我们如今叫它地球。

在英文中，"地球"与"土壤"是相同的单词，就仿佛在大陆上完成我们的生命与文明是人类最可自得的伟业。可是咸的海覆盖着71%的地球表面，这颗星球在太空中看上去是蓝色的，是一颗"水星"。会不会有其他的生命形态，从一颗遥远的行星上惊喜地发现我们，穿过梦幻般的银河，看见不懈旋转着的星球透出幽蓝色的光，那些生命会不会感叹："瞧，那颗布满泪水的星球！"

美国牛仔

◎ 李赫宁

　　我生在大都市沈阳，后来移民加州硅谷，虽都不像纽约一样繁华，却也是门前车马喧。及至婚后搬到辽阔空旷的科罗拉多州，便顿生"大漠孤烟直，长河落日圆"的感觉。

　　我说我住的是乡下一点儿没错，离我家几英里远就是一座又一座美丽的庄园。每家都有四五十英亩的园子，可这些人不是农民，土地也不是用来耕种的。那一座座一眼望不到头的园子是用来给他们的马儿狂奔的。一幢幢房子间隔很远，乡间小路上芳草萋萋，走上一天也看不到一个人影。在这里，我可以找到在喧嚣都市里找不到的心灵的宁静和归属感。我喜欢在黄昏一个人走长长的路去看那些美丽的马儿。我偏爱一座叫"伯爵"的庄园，常常站在栅栏边痴痴地望着那十几匹马儿……

　　"小丫头，不是在琢磨偷我的马吧？"一天，一个上了年纪的牛仔不知从哪里冒了出来，吓了我一跳。

"噢，你是说它们不会踢我吗？"我捶胸顿足作悔不当初状，逗得他哈哈大笑。

笑完后我们互相做了自我介绍，他叫瑞德，是庄园的主人。瑞德谈吐不俗，格子衬衫和牛仔裤洗得泛白却干净平整，后跟带着长长尖刺的牛仔靴擦得锃亮，在零下十几度的隆冬他是屈膝脱帽向我道日安的。

难得遇到这样优雅的上一代，我的话渐渐多起来，根本没觉得自己是第一次跟鼎鼎大名的美国牛仔打交道。

太阳斜了，寒气马上逼了上来。瑞德请我进庄园喝一杯，我爽快地答应了。瑞德的大宅子是典型的美国乡村风格：高大的壁炉，墙上挂着很多鹿头鹿角的标本，带褶叶和滚边的窗帘，贝克干花烛台、小镜框一类的饰物琳琅满目。外面冰天雪地，室内却温暖如春，我脱了外套，摘下厚厚的围巾和帽子。

"咦？你是个中国瓷娃娃吗？"瑞德吃了一惊。

"好眼力！让我来猜，你参加过越战对不对？"以他的年纪、阅历和谈吐，应该是参加过越战的老兵。

"你也好眼力！嗯，没有口音，你生在科罗拉多？"

我一时不知说什么，那么多个寂寞长夜苦练发音的辛苦和委屈突然在这个陌生人的认同中升华为前所未有的成就感。"不是的！我生在中国，我会说中国话，还会写中国字呢！"

"真的？"老人家又大大地吃了一惊，"你跟我来！"他带我转进一间幽静的小书房，满墙的书籍，桌上一盆怒放的天堂鸟，墙上赫然挂着一幅中国书法作品，笔锋苍劲有力，是"雨后青山分外娇"！恍若隔世啊，很难相信我是身在科罗拉多的一个小城，一幢维多利亚时代的别墅，一间牛仔的小书房里……

"三十多年前在越南时，一个中国人送我的。我一直不明白上面写的是什么。"提起越战，瑞德脸上划过一丝酸楚。

我还没来得及回答，就听见一个女人大声喊瑞德："亲爱的，我们有客人吗？"

"来见见我太太。"瑞德带我在他迷宫一样的大房子里穿来穿去，在一间像是缝纫用的小房间里坐着瑞德的太太汉娜。

"天哪！这么好的手工，你织的？"老婆婆一下子就抓住我的毛衣，左看右看，赞叹不已。这对夫妇，绝对不是没受过教育的粗人，他们的教养已融进平和的乡村生活，看尽世态的睿智背后，是一份不肯瞒人的真诚与友善。刚才我在书房瞥见了墙上汉娜的毕业证书，是耶鲁大学经济系。

"没有啦，我哪里有这么好的手工，是买来的！"

老婆婆看到了衣领上的品牌标签，转头对瑞德说："乖乖，好些银子啊。"

我喜欢漂亮衣服，也一直以我五大衣橱精挑细选的美丽服饰为傲，可今天我却为拥有这件国际大牌的毛衣莫名其妙地感到羞愧。瑞德和汉娜不是穷人，不要说他们的马儿我买不起，光是那些马每年的保险费对我来说已经是天文数字了。他们将钱用在他们的生活方式上，世俗的虚荣与功利早已与他们无关了。我自认还不能恬淡若此，我还有功利心，还要入世去争夺，还要时不时地挂上珠宝束起头发出入灯红酒绿的场合才开心。但这一刻，在他们那健康充实自由的世界里，我穿着价值不菲的时装却感觉自己穷得没有立锥之地！

"以后不要花这个钱了，我们完全可以自己织出来。"汉娜自作主张地替我做了主。这家人就这样自然地接纳了我，丝毫没让我有陌生人的局促。没有人大力、热情地拥抱我欢迎我，可我感觉得到我是被欢迎的，以一种更亲切更乡村更人性的方式。

瑞德和汉娜到底多少岁我从来不知道，可我们成了最亲密的朋友。

我会跟汉娜一起喝下午茶，坐在厚厚的羊皮垫子上织毛衣、做手工。汉娜的腿受了伤不能再骑马了，可这一点儿也不影响她对马的喜爱，她每天都会摇着轮椅去马厩里看她的马儿，抚摸它们，跟它们说话。我也会跟着瑞德给马填料、捡马粪，为马梳理鬃毛。慢慢地，我每天的散步改成了马上驰骋。出一身大汗再跟瑞德去牛仔们聚会的小酒馆神侃，中国瓷娃娃也能一口气喝下一大杯伏特加而面不改色了。

这些牛仔绝不是我原先想象的粗鲁不羁的样子，对动物的爱可以唤起人最原始的本性，但却不能用"淳朴"来形容这些牛仔，因为他们并不简单。对我来说他们都像"马语者"一样高深而神秘。

他们自然地将最深奥的哲学融入与世无争的生活。一天在酒馆里，两杯伏特加下肚后，我突然高声喊道："你们可不可以告诉我人生的意义是什么？我们究竟为什么而活着？"牛仔们静了半秒钟后一笑置之，不再理我，唯有一个叫尼克的汉子缓缓地说："我们不需要一个活下去的意义，我们活下去，每天尽我们最大的努力，这就是生命的意义了。"

劳瑞是汉娜与瑞德的邻居，她粗粗壮壮的，骑马打猎操持家务都是一把好手。劳瑞豪爽幽默，偶尔闲了就来加入太太们的下午茶。她会把从小酒馆里牛仔们那里听来的粗俗笑话讲给大家听，老汉娜常常笑得假牙都掉出来了。毫无疑问，劳瑞在每个人眼里都是一个牛仔中的牛仔。

一个偶然的机会我得知劳瑞生在曼哈顿，曾经是个叱咤风云的 CEO，因为爱上了比她小 12 岁的牛仔克雷恩，于是毅然放弃一切归隐乡间。12 年过去了，劳瑞由一个连马鞍都提不动的城市白领变成了一个真正的牛仔。我抵不过好奇心，问劳瑞："两个世界，两种人生，你爱哪一个？"

"都一样。"劳瑞吐了口水在她宽大的皮带扣盘上，然后大力擦亮它，"丫头，其实选择哪种人生都一样，重要的是选择后以什么样的态度去生活。条条大路通幸福。"

看我惊讶得半天合不上嘴，劳瑞大笑，继续说："当年我放弃一切心甘情愿帮克雷恩带孩子收拾马粪，每个人都骂我是傻瓜。我有没有怀疑过我的选择？当然有！老实说，当年我是厌倦了生意场上的尔虞我诈才带着对田园生活的无知和憧憬嫁给克雷恩的。

说来可笑，初来时克雷恩的那只高大得像匹小马似的大狗整天对我狂吠，吓得我连门都不敢出。"

劳瑞边说边麻利地为她的椅子换皮面子。好好的一只皮椅子，只是椅面上破了个洞，劳瑞买来同色的软皮子换上去，细密的手工竟连一个钉眼儿也看不到。很难相信这是一个曾手挥派克金笔、坐在宽大办公桌后面签文件的 CEO 的作品。

"这里粗糙的生活最终让我明白了一件事——人生是公平的。不想面对所谓的'文明世界'里的龌龊与虚伪，就要在这里老老实实地付出体力劳动。人生真是美丽又公平，没有免费的午餐。"

劳瑞深深地看了我一眼，又说："宝贝，你虽然马骑得不赖，可不属于这里。你先生不是牛仔，你也没有必要完全属于这里。你是个在两个世界里游离的精灵。我羡慕你，可以在浊世里打拼的同时来乡间享受这份心灵的宁静。"

中国的春节快到了，老汉娜她们在偷偷嘀咕要给中国瓷娃娃开个 Party。我随她们去，看她们能想出什么花样来"吓"我。劳瑞将我拖到她家，说要送我新年礼物，就打开了她宽大的壁橱。这个壁橱里应该是劳瑞"前生"的行头：一排排的香奈儿礼服、路易·威登手袋……"可惜我们穿衣的尺码不同，不然这些衣服都可以送你。那些还不赖的手袋你若不嫌弃就都是你的了。"劳瑞笑眯眯地说。天哪！我简直不敢相信自己的耳朵和眼睛。我认得其中有好几款路易·威登手袋都已绝版了，是真正的价值不菲。

　　我小心地挑了三个手袋，一再问劳瑞："这些你确定你不要了吗？"劳瑞一直温柔地微笑："我很高兴将它们送给你——一个值得的人。再说，难得你不嫌弃，都是旧东西呢。亲爱的，新年快乐！"

派往明天的留学生越来越多、越来越好，

也是一个国家、一个民族

对历史和未来的负责。

派往明天的留学生

◎ 徐迅雷

有这样一种说法，人类的 21 世纪始于 1978 年，那一年，中国开始了改革开放的征程。

更早一年的 1977 年，中国恢复了高考，这个关系到几亿人前途命运的大事件，先于"真理标准"大讨论，先于否定"两个凡是"，是中国拨乱反正的历史先声。而从 1978 年开始，与改革开放同步，中国派出了公费的留学生——这一年的 12 月 26 日，中国向美国派出了首批 50 名留学生。以此为肇始，到今天，中国恢复公派留学走过了 30 周年的历程。

向国外派遣留学生本是空间意义上的概念，但在时间意义上则属于"派往明天"——派出留学生，与其说是派往遥远的大洋彼岸，不如说是派往自己祖国的明天。留学，是古老而伟大的中国走向世界、融入世界的有效途径，属于一条真正"为中华之崛起而读书"的必由之路。

留学的开放，开放的留学

恢复公派留学30周年，是中国改革开放30年的有机组成部分，是百年留学潮中的一个大潮、一次高潮。4卷本的《中国百年留学精英传》，记录着从容闳、詹天佑到邓稼先、陈章良等百年留学精英的传略。百年来的中国留学生，为了中华民族之崛起，远赴异国他乡，筚路蓝缕，饱尝人生困苦与磨难，寻求祖国崛起腾飞之道。

闭关锁国与改革开放，是两种完全不同的价值选择。如果没有改革开放，"出国留学"必然只是一个梦寐。留学是开放的象征，开放是留学的前提。大学是知识共同体，对于全世界来说都是这样，而知识无国界，谁学到手谁就有可能成为"非一般的人"。

开放带来了社会思想的变革，社会面貌的更新。1981年，受英国广播公司派遣，伦敦美女凯瑟琳来到中国，她给自己取了一个中文名叫花克琳，成为中央电视台英语口语教学节目《跟我学》的女主持人，她很快就成了中国最知名的外国人。《跟我学》成了当时中国人见识"外面的世界"的窗口，大量民众开始学习英语，《跟我学》掀起了"英语风暴"，观众曾多达一千万。尽管当时人们的心里还没有"托福""雅思"的概念，民众学习英语也并不只是为了出国留学，可那股热情至今令人感动。

开放留学，是中国 30 年改革开放的一条重要支流。当初决定恢复高考，决定恢复留学，对于改革开放的总设计师邓小平来说，都属于"举重若轻"，这是一种远见卓识。难以想象，如果没有开放的留学政策，如果没有这些留学人才，中国 30 年的改革开放会是什么样子。

硬实力，软实力

30 年来，我国各类出国留学生总数逾百万，近四分之一学成归国。我们无法算清某个人对改革开放 30 年的贡献有多少，但是，留学归来人士的重要性是不言而喻的。

早期出去的留学生，大多是学习科学、学习工程，而改革开放之初的中国，确实最缺少实用型的工程人才；稍晚有了一些学管理的、学经济的，到后来逐步发展为有学习人文、法律、社会科学的。

一个国家的软实力，关乎思想观念、体制制度、文化文明。汲他人善治之意，穷社会繁荣之理，究法治运行之妙，问国富民强之道……留学西方发达国家 30 年，给中国带来的是实质性的国际经验与视野，是一股推动中国进步的重要力量；无论是学成归来的，抑或是人未归却传回思想观念的，都对当代中国的发展和建设有着深刻的影响。"海归"不仅给祖国带来人才，而且带来观念；不仅促进了改革开放，而且带来了一种宝贵的"软实力"。

精英教育 VS 大众教育

一百多年来，中国已掀起多次留学潮，每一次都有其独特的历史机缘和社会背景，给国家的发展和个人命运的变迁带来深刻影响。

从 1981 年开始，百姓可以自费出国留学，所以出国留学的大潮由此真正掀起。现在中国留学生的足迹已遍布全球 109 个国家，这是空前的。同时，随着社会经济的发展，自费留学者成为出国留学人员的主体。早期较多的是出去读大学，如今中小学生出国读书的也越来越多了，留学生的年龄越来越小。

留学从精英教育转为大众教育的特点已越来越鲜明。从教育和社会的关系看，是大学改变社会，而不是社会改变大学；但对于留学来讲，恰是留学改变社会，社会也在改变留学。这是一种相互深刻影响的巨大改变。

自费出国留学的人越来越多，也催生了"留学经济"，这是开放留学的"副产品"。另一方面，留学经济又进一步推进了我国留学教育的大众化进程。

留学经历的级别

留学这件事，对老师和学校来讲，理应是得天下英才而教之；

对留学生来讲，若是得天下名校而读之，那当然是人生的一种美好状态。凤凰卫视著名的美女主持曾子墨，在北京读完高中，就以托福660分的高分被美国"常青藤盟校"——著名的达特茅斯学院录取，对方提供了不菲的奖学金；毕业后曾子墨加入了国际著名投资银行摩根士丹利，后转行到凤凰卫视担任主播。她在自传《墨迹》中，愉悦地讲述了那"留在生命和记忆中"的"钻石级经历"。

当然，留学并不能够让每个出去的人都成材。我们也要清醒地认识到，留学海外并不是人生教育的"救世主"。如何理性地对待出国留学的问题，摆在许多人的面前。在自费出国留学已变得越来越"大众"的今天，我们是应该拥有一颗"平常心"了。

在现实中，有不少留学生盲目地随大流，在出国留学前并没有明确的目标和规划，不顾客观实际，仅仅为"镀金"而去，所以从国外回来以后，"海龟"成"海带"。留学的盲目性，正是导致"海带"出现的一个重要的原因。曾有统计表明：有35%以上的"海归"存在就业困难问题。如今，归国留学人员的"别号"，已经从"海龟""海带"延伸至"海藻"（"海找"，一直找不到合适工作的人）、"海草"（因学术学历平平难以找到好工作）等。本来是"派往明天的留学生"，有一些却简直是派往"海底"了。

走出去与迎进来

在全球化时代，开放的中国需要敞开更宽阔的胸怀。随着出国留学人员越来越多，来华留学的人数也在逐年攀升，呈现了加速度的态势：1991 年全国外国留学生总人数为 1.1 万人，2000 年增加到 2 万人，到了 2005 年增加到 14 万人，2006 年来华留学生人数超过了 16 万人，2007 年已突破 19 万。我国政府为来华留学生提供的奖学金金额，也在逐步增多。

对外开放的派遣与接纳留学生的政策，是我国改革开放的切实举措之一。从 1978 年到现在，中国的改革开放成了促进世界发展变化的第一推动力——这其中，来来往往的留学生功不可没。

在今天，互联世界越来越"平"，地球也越来越成为一个"村"，在这个"村"里，需要有越来越多的留学生。正如美国哈佛大学校长、历史学家德鲁·福斯特在就职演讲中所说：一所大学的精神所在，是它要特别对历史和未来负责。同样，派往明天的留学生越来越多、越来越好，也是一个国家、一个民族对历史和未来的负责。

日前，中国科协发布了我国第一份科技人力资源发展研究报告。报告显示，科技人力资源跨国流出规模不断扩大，我国已成为科技人力资源输出大国。据不完全统计，1978 年至 2005 年，我国出国留学的人数除少数年份稍有回落外，一直呈持续上升趋势，尤其是进入 21 世纪以后，迅速攀升至 10 万人以上。研究表明，人力资源的流出和流入存在着"最佳回归比数"，即 2:1，也就是出国留学人员 1/3 留在国外继续发展，2/3 选择回国发展。而我国目前的回归比数是 1:2，即 1/3 选择回国，2/3 留在国外。而在出国留学的学生中，名牌大学的优秀学生所占比例最高。有关调查显示，1985 年以来，清华大学涉及高科技专业的毕业生 80% 去了美国，北京大学这一比例为 76%。报告说，科技人力资源流失的后果十分严重。从国家角度看，前期教育的大量投入得不到回报；从企业角度，高层次科技人力资源流失以后的置换成本相当高。经济全球化后，我国进一步面临着世界发达国家加大吸引我国科技人力资源的严峻挑战。

我隐隐觉得,
旧时的岁月也随着这些被我搜集的藏品一起,
被我收藏在家中。

我为祖国代言 /

岁月收藏

◎ 周安平

前段时间，行医柏林已有经年的陈大夫邀我去家中小坐。陈大夫虽是柏林名医，但家居甚为简陋，满室堆积着业余时间搜集的各种东亚文物。陈大夫得意地从一个纸筒里小心翼翼地拿出一个卷轴，向我展示。

这是一卷已经斑驳的清朝诰命。

所谓"诰命"，是中国古代帝王封赠高级官员的凭证。作为文书始于商周，唐代称"告身"，为颁给个人的官阶凭证。南宋始称"诰命"。明沿宋制，清则沿明制。按照清制，覃恩封赠五品以上官员及世爵承袭罔替者发给诰命，用五色或三色纻丝织成。诰命文字由翰林院撰拟，交中书科缮写后，由内阁盖"制诰之宝"印后颁发。

陈大夫收藏的这卷诰命源自顺治皇帝，康熙、雍正、乾隆、嘉庆皇帝均在其上加盖玉玺。这卷诰命是敕封给顺治朝一个将军的，是陈大夫于 20 世纪 90 年代初从德国一位收藏家那里以 3 万马克购得。

我小心地把卷轴在地板上展开。或许是保存不当的缘故，卷轴的边边角角已经变得非常脆，一不小心就会掉下一些枯黄的碎片。陈大夫在一旁也很遗憾地说，这卷诰命每打开一次就损伤一次。可是，由于保存条件有限，他也是干着急没有办法。

我一边专注地阅读诰命上的满汉文字，一边听陈大夫讲述诰命的来历。将诰命卖给陈大夫的那个德国收藏家名叫瓦尔特·伊克斯奈尔，是 20 世纪德国著名的出版家和收藏家。此人 1934 年至 1938 年在东亚地区搜集文物，其中 1936 年在北平创办了"七峰出版社"，其间，与齐白石等中国文化名人交往甚密。我查阅了一些当时的资料，可惜没有发现此人的踪迹，或许是因为他当时起了一个中文名字也未可知。二战之后，伊克斯奈尔在德国创建了东亚博物馆，展示从东亚搜集到的 3500 件文物。

我相信，下了这么大功夫，伊克斯奈尔搜集到的中国文物绝不会简陋如陈大夫购得的这卷诰命，其中必定有更为珍贵的。

可惜以陈大夫的个人财力，也只能购得这种诰命。遗憾的是，伊克斯奈尔已于 2003 年去世，在他死后，所收藏的文物陆续被其遗孀或卖掉或赠予维也纳的一家博物馆，现存藏品已寥寥无几。

周末时，我时常去位于柏林市中心"6·17"大街一侧的古董市场转转。能发现一件来自中国的小玩意儿固然好，但看看、摸摸德国各个时期的古董也着实赏心悦目。放在十来年前，在这里，有心人一不小心还真能碰上好东西。陈大夫在 20 世纪 90 年代初，曾在这里发现一对明永乐年间的紫砂壶，售价仅几百马克。但当陈大夫兴冲冲地回家取了钱赶回来时，这对宝贝已经被人购走。

随着近年中德交往的深入，越来越多的德国人也对中国文物的行情有所了解，中国文物的价格扶摇直上，而且越来越难觅，像陈大夫在古董市场的那种际遇几乎是传奇了。

我虽然旅居欧洲前后也已近 20 年，但既没有陈大夫的幸运，也没有他那种一掷千金的财力。只是这么多年，有心无心地也搜集了一些小东西，权作愉悦身心。

在瑞士的时候，有一次在苏黎世湖畔散步，信步踱到湖边的一个跳蚤市场。我随手从一个邮票摊上拿起一本厚厚的邮册翻了起来，发现其中竟有不少中国邮票。

此外，还有几枚解放区的邮票。中华人民共和国成立前夕，解放区分为东北、华北、华东、华南、西北、西南等。这本邮册中的解放区邮票是 1949 年粟裕将军指挥三野解放上海、南京时，华东邮政发行的"上海解放纪念邮票""南京解放纪念邮票"，以及陈赓将军领导的二野第四兵团协同四野部队解放广州后，华南邮政发行的"广州解放纪念邮票"。

这些邮票的市值我不得而知，但仅凭其所包含的历史和文化价值，就值得我在今后的岁月里时时把玩、欣赏。

月上枝头，邻街土耳其顽童的喧闹声终于安静下来。我点燃立在铜制烛台上的蜡烛，之后，将一张老唱片放在从柏林古董店里购买的"主人之声"牌老留声机上。缓缓摇动转柄，再把唱针轻轻搭在唱片上，一首恍若隔世的琵琶曲便从留声机的大喇叭中悠悠传出，在烛香缭绕的房间里回荡。深沉、苍劲的琵琶声时如狂涛拍岸，溅起碎玉无数；时如清风拂体，意态醺然。

不能想象，这曲引人遐思的《大浪淘沙》竟出自沉疴缠身的"瞎子阿炳"华彦钧之手。1950 年的一个仲夏，为了使自己精心创作的作品能够流传后世，已病入膏肓的阿炳抽足了鸦片，以充沛的精力录制了琵琶曲《大浪淘沙》《龙船》《昭君出塞》及二胡曲《二泉映月》《听松》和《寒春风曲》。这是阿炳唯一一次录音，这六首曲子也因此成了阿炳的绝唱——3 个月后，这位民间音乐大师便在贫病之中离世。

阿炳的这张绝唱版唱片也是我在一个极其偶然的机会获得的。在将留声机搬到家里后的那个周末，我又来到这家古董店，希望能为留声机配一些老唱片。当时我正蹲在一个纸箱旁翻拣，里面装满了 20 世纪 20 年代的旧唱片，都是一些大师的名曲，如贝多芬、普契尼、威尔第等。女店主见我喜不自禁，忍不住跟我聊了几句，知我是从中国来，便转身从一个书柜里取出一张旧唱片，说："我这儿还有一张中国唱片，你感不感兴趣？"

我赶紧接了过来，见唱片的封套上印着"中国唱片厂"的字样，下面草草用德文写了一句话："琵琶作曲家是个盲人，曲名为《大浪淘沙》。"抽出唱片，果然见片心以金色繁体字印着："民间音乐琵琶独奏《大浪淘沙》，华彦钧（瞎子阿炳）演奏。"唱片背面则是阿炳演奏的二胡独奏曲《听松》。

至今，我仍难以描绘当时那种狂喜的心情。

我收藏的不仅有上述的喜悦，偶尔也有沉重。

在我北京家中的书柜底部，封存着一摞厚厚的德文旧报纸。报纸的出版时间是 1900 年 8 月。109 年前的这份报纸记录了新任八国联军总司令、德国元帅瓦德西从汉堡登船出发前往遥远的中国镇压义和团的"盛况"。瓦德西此行的直接后果，便是八国联军对故宫、颐和园、西山及圆明园的破坏和劫掠，大批国宝级文物从此流失海外……

近年，关于流失在海外的圆明园兽首拍卖的事一度成为国内媒体关注的焦点，但是与流失在英国大英博物馆、美国大都会博物馆及法国凡尔赛宫、枫丹白露宫的中国文物相比，这些兽首实在不能算是文物，但因媒体的炒作，其身价远远超出了实际价值。我不知道这种炒作对于流失在国外的中国文物的回归到底是好事还是坏事。

在瑞士的时候，我曾经在书摊上见到一本手绘图册。这本图册是 20 世纪 50 年代初，时任清华大学建筑系教授的林徽因带着学生到圆明园写生的合集。这些铅笔写生再现了 20 世纪 50 年代初期圆明园苍茫的风貌。

令林徽因们痛心疾首的悲剧在如今的城市化进程中，又在南京等许多城市再现。那些甚至比文物还要珍贵的历朝旧都、古城，相继倒塌、消失。文物会随着时间的流逝而升值，毕竟还有机会体现出其价值；而那些不可再生的古都、古建筑，其价值将随着古都和古建筑的消失而永远不复存在，这，才是最令人心痛的。

闲暇时，我依然会流连于欧洲各个城市，在古老的巷陌中探寻岁月的踪迹。我隐隐觉得，旧时的岁月也随着这些被我搜集的藏品一起，被我收藏在家中。

Chinese，go！

◎ 玄 遗

    我有一位同学，是广东某公司在安哥拉的一个项目的负责人，去年同学聚会时，他给我讲了几个中国人在非洲的故事，印象特别深的是这样一件事：

    有一天，我的同学正在办公，他的下属从外面领进来一个陌生的、风尘仆仆的中国人。经交谈得知，他是一位孤身在非洲大陆闯荡的温州客，刚从莫桑比克来到安哥拉，希望能在这里谋一份差事。

    同学有点诧异，那温州客走进办公室时，已经身无分文，他横穿了整个南部非洲大陆，身上所有的钱都用来支付了车费。那么，他是怎么知道他们在安哥拉的这家公司的，又是怎么找到这里来的呢？

    对于这样的疑问，温州客只是淡淡一笑，摇着头说："你们公司？不，我真不知道。下车后，我只是跳上一辆人力车，然后对车夫说："Chinese, go！'"

顿了一下，他解释说："这里的黑人兄弟多半都会心领神会地把车拉到有中国人聚集的地方，这就行了！"

同学说，那一刻，他愣住了。

Chinese, go！

同学向我重复着这两个言简意赅的英文单词。

他说，那一刻，他的心里突然充溢着一种奇异的感觉。久居国外的他，马上就明白了这两个单词的实用价值。"而与此同时，作为一个中国人，"他说，"突然觉得这两个单词似乎蕴藏着一种神奇的力量，让人振奋，让人激动，甚至让人不由自主地在心里生出一种要'膨胀'的感觉……"

他说，那一刻令他终生难忘！"可这还不是事情的全部，"同学说，"更令人震动的事情还在后面。"

原来，"Chinese, go"这两个单词，基本上就是我们那位同胞英文水平的全部！同学非常感慨："你能想象吗？一点儿不错，他几乎不懂外语。不仅如此，他还一无所长！我的意思是说，他并没有特别的专长，这使得我在公司里，甚至一时找不出适合他的岗位，尽管我有心安排他。"

"对，这就是我们那位同胞！"同学对我说，"身无分文，不懂外语，也没有任何的专业技能。可是，他已经横穿了整个南部非洲大陆。"

我惊愕于这个故事。确切地说，我感到了一种莫名的震撼。如果不是听同学亲口讲出来，我几乎要怀疑这个故事的真实性。

顺便说一下，后来我听同学讲，那位温州客已经在安哥拉站稳了脚跟。他在那里开了一家小公司，并且做得很不错。

咱们中国人讲究的是修身、齐家、治国、平天下的内在修为，
碰到问题总是喜欢从自己身上想办法，
让自己适应外部世界。

我为祖国代言 **/**

一把刀对阵七把刀

◎ 张 目

我老婆的希腊朋友梅尼，邀请我们去她家包饺子。她要求我们把包饺子的全部秘籍传授给她。作为交换，她会教我们做正宗的希腊土豆面包。

去之前，我有点担心她们家里包饺子的工具不全。她对我说，放心，我们家里什么厨房用具都有，只不过买不到你们中国人常吃的韭菜，带几把韭菜应该就行了。所以，星期天我和太太带了几把韭菜到了梅尼家。

梅尼家的厨房用具真的很全，光刀就有 7 把之多，长的、短的、宽的、窄的，以适应切割不同类型的食物。这七把刀挂在墙上的刀架上，简直就像是冷兵器时代的兵器库。可惜的是，这 7 把刀当中却没有一把适合我来切韭菜。唯一的一把刀型和我们中国菜刀相近的大刀，刀背足有一厘米厚，重得像把斧子。不合适的刀，当然会严重影响我们的进度。等到剁好馅开始包饺子的时候，问题又来了。梅尼家的四五根长短各异、胖瘦不等、造型不同的擀面杖，没有一根适合擀饺子皮。最高难度的包饺子环节，梅尼更是练得满头大汗也没学会。

等到包完饺子，轮到我们学习做土豆面包了。恢复了自信的梅尼，居然哐的一声端出了一个天平。各种用料要多少，梅尼都一一在天平上称给我们看。这让我着实觉得好玩，我们家从祖上到现在，还没有谁会把天平带到厨房做饭。做什么东西，凭经验和感觉有个大概就行了，哪会用到天平这么精密的仪器。而且，梅尼告诉我说，这个天平是她的嫁妆，她妈妈做饭也用天平，只不过比这一台老式、笨重罢了。

后来，在我们星期天那场东方饺子配希腊面包的晚餐会上，梅尼不无欣赏地对我们说，我真是佩服你们中国人，厨房里永远都只有一把刀，就可以应付所有的问题。我说你们也不赖，能发明出这么多的东西来应付不同的问题。梅尼说，是呀，所以我们厨房里的东西就越来越多，像是兵器库一样。

梅尼说得不错，在西方人的厨房里，各式各样的厨房用具简直让人眼花缭乱。形状各异的刀，长短不等的擀面杖，撒调料的罐子，牛奶打沫的小电动机，甚至还有专门为把鸡蛋煎得很圆而设计的煎蛋圈。

咱们中国人讲究的是修身、齐家、治国、平天下的内在修为，碰到问题总是喜欢从自己身上想办法，让自己适应外部世界。看中国的传奇小说，主人公从来都是躲在哪个山洞里修炼上乘武功，几乎没说在山洞里制造一种秘密武器什么的。而且武功修为的最高境界是：手中无剑，心中有剑，飞花摘叶都成利器。

英雄中没有谁是专门打暗器的。就连神箭手郭靖，成名之后也就很少再碰弓箭了。不像西方电影，邦德先生每次出场身上总会多几样新式武器：会爆炸的眼镜，能打电话的皮鞋，会发射激光的手表，等等。这些东西在我们老祖宗的价值观里都属于奇技淫巧的范畴。东方人对于工具的使用和依赖非常警觉，庄子好像就说过，工具的日渐繁杂，会让人痴迷其中忽略了内在的精神修为。这与人法天、天法道、道法自然的大道背道而驰。所以中国人讲究的是修身养性、天人合一、内圣而外王，讲究的是以德服人。

中国人从没想到过，工具的发展有一天可以达到让地球围着人类转的程度。东方国家举倾国之力完成的工作，蒸汽机可以信手拈来，人类社会的生产力被几十倍地提高，新的工具、新的材料又被老工具再发明、再创造出来。

亨廷顿说，21 世纪的冲突将会是文明之间的冲突，大概也就是基于这种自卑心理对骄傲态度的判断。事实上，过去人类历史中的冲突又何尝不是文明之间的冲突。中国农耕文明与中国北方游牧文明的冲突贯穿于整个中国古代史；马拉松之战是希腊对抗波斯。二战时，日本偷袭珍珠港之后，英国首相丘吉尔最先喊出的口号是"说英语的国家联合起来"。

文明与文明之间的斗争与搏杀，好像是最简单、最直接地确定孰优孰劣、孰强孰弱、孰好孰坏的手段。人类社会对此乐此不疲了几千年。今天，除了战争的手段之外，对文明之间的冲突人类又有了新的发明。不同文明背景下的媒体，一方居高临下地教训，一方心怀不满地抗辩，互相攻击。

事实上，在文明与文明的交往相处中从来就有着另外的一种方式。玄奘西行，鉴真东渡，古代的丝绸之路……他们对于另一个世界抱着向往与恭敬的态度，在自知与不自知之间扮演着交流、了解和传递不同文明的角色，让不同的世界能够和合，交融，演进，发展。文明之间的差异大概才是最好的互相审视、检讨彼此长短优劣的方式。只不过这样的对视一定要以消除骄傲与自卑的内心、平等尊重为前提才行。

挫败英语

◎ 英格丁

　　基本上来中心办事的中国学生总是会把英语说得很快很流利，不像是交流，更像是背书。

　　从我 12 岁开始学英语起，英语就一直是我的梦魇。直到现在，我一直不明白，为什么要让学汉语言文学专业的我，在大学期间把除了谈情说爱以外的一半时间都用于英语学习。好容易等到了大学毕业开始工作，终于可以暂时摆脱英语对我的摧残。可刚过了七八年没有英语的幸福生活，我竟然旅居到了一个说英语的国家——澳大利亚。一个更长的梦魇由此开始。

　　我的父母对于我暂时出国充满期待，他们以为我在一个良好的英语环境中语言会自然而然地飞速进步。可惜他们错了。刚到澳洲的时候，我连一个人去超市买东西都不敢。第一次去超市购物，收银员问了我一句："要不要再拿个塑料袋？"我和人家愣是纠缠了五六分钟才弄明白。结果自然少不了要挨几个排在我身后的顾客的白眼。去买火车票我总是在自动售票机处买，从来不敢去窗口买。

我来到澳洲 2 个月后是圣诞节，平安夜的那天晚上我在中央火车站等火车。火车一进站，车上蹦下来一堆来城市中心泡吧的姑娘们。在这样一个西方人的传统节日里，陌生人之间总会莫名其妙地突然亲近起来。那天第一个跳下火车的女孩，一看见站台上的我就喊道："how is going？"可怜的我在当时所知道的英语问候语，只限于"hello""how are you"，根本不知道这一句"how is going"是一句最普通的问候语。我愣在站台上不知该如何应对。我这样的木然，显然是破坏了姑娘们的心情，一堆人怪叫了几声扬长而去。那一晚，她们的心情可能比我好不了多少。在这样的一种氛围下，人很容易自我封闭，让你尽管生活在一个英语国家中，可却被英语排斥。

好在我有一个厉害的太太，她强逼着我去从生活中的点滴学起，像家长逼孩子学习一样，逼着我去超市购物，去路边问路，去银行存钱，等等。这使我终于能在一年以后生活基本自理，对于日常生活中的英语没有了太多的恐惧。

事实上，英语这东西，你把它搞得生活基本自理不是很难。但如果想流畅，交流无障碍真是不容易。我在交流过程中所犯过的错误数不胜数。

　　一次，我们仓库所在的大楼电梯坏了，有个澳洲人站在一楼等电梯。可能因为等了太久都没有看到电梯有什么反应，刚好又碰到我从楼梯下来，就问我："Is it this lift does not working?"（电梯是不是坏了？）这样的英语疑问句，对于中国人来讲是最容易犯迷糊的。因为中国人的回答会是"yes"，而英语的习惯却一定是"no"。这样的错误就是很多英文很好的人也很容易犯，就更别说是我了。所以，那个人听我说完"yes"后，就坚定地站在电梯前独自等待。

　　虽然我的英文水平相当有限，但可能因为我外表斯文，又戴着眼镜，具备一定的欺骗性，所以我碰到的很多澳洲人都想当然地认为我英文很好，习惯于流利地和我交流。而我总是不好意思告诉人家我听不懂，总是带着很感兴趣的微笑频频点头做明白状。这样一种虚假的状态总在我心中不断强化着英语这个梦魇所带给我的挫败感和自卑心。

　　然而有一次，在我的客人中，我意外地发现了一位英文程度远不如我但无丝毫自卑心的人。那是一个讲法语的女人，她的英文程度仅限于"hello""thank you""bye bye"，连数数都不行。每次谈价钱都是用手指头比画。可她每次到我们店里来采购，从来都是气宇轩昂，咋咋呼呼的，不管谁接待她，她总是朗声一句"hello no English"。

　　那接待她的人当然就很吃力，可她不像我一样因为英文不好而觉得不好意思，那种理直气壮的样子好像她不会说英语没什么错，我们不能讲法语才不对。

　　我太太在澳洲一所大学的学生服务中心工作，她和我聊到所接待的学生时提到了这样一个有趣的现象：基本上来中心办事的中国学生总是会把英语说得很快很流利，不像是交流，更像是背书。那种感觉好像是生怕别人觉得自己的英文不够好。而来自欧洲国家的学生，他们中有些人英语也不是很好，但是他们总是不介意把英语说得很慢，甚至很结巴，一点儿不怕暴露他们在语言方面的不足。我太太留学时，班上的一个德国学生英文口语并不是很好，但上课发言总是很积极，总是一副淡定自若的样子，一点儿不会因为同学们听得着急、费劲而不好意思。

　　对比这些来自欧洲的留学生和那位趾高气扬的讲法兰西语的女人，他们丝毫没有因为英语不行而自卑，而我这个来自拥有五千年灿烂文明的泱泱大国的黄帝苗裔，却为何会在英语前气短心虚？反过来想想，又会有几个在中国生活学习的外国人，会因为说不好汉语而感到自卑呢？而我这样的自卑，我敢说一定存在于很多如我一样生活在外国、英文不好的中国人心中。

　　不过也有例外，我最近在银行办事的时候碰到的一个中国老太太就给了我一种全新的感受。

　　那天，我在银行兑支票，排在我前面的是一位穿着得体、气质高雅的亚裔老太太。轮到她的时候，她递上她的银行卡，对着窗口里的女职员用中文说："取两千块。"

　　"what?"窗口里面的人显然是懵了。

老太太又不紧不慢地用中文说了一句"取两千块"。那女职员当然是没听懂，不过大概是猜到了老太太讲的是中文，赶紧向别人求助。这家银行其实每周固定的几天是有懂汉语的员工上班，不过今天显然不是他们的服务时间。那女职员找来的又是一个澳洲职员。我猜测他可能是上过几天汉语学习班，好不容易盼到有个机会可以秀一下。但见这厮自信满满地来到窗口，拿出 4 张 50 块的票子用中文对老太太说："取两百块？"

"取两千块。"老太太不满地更正。

"取两百块？"那男职员不死心继续问。

"取两千块。"

"取两百块？"他们这样僵持下去，就是到明年也轮不到我。我上前对着窗口里面说了一句"two thousands"。

难题算是解决了。老太太数清了取出的两千块钱，很有礼貌地对我道谢。然后转过头对着窗口里面的那一男一女，带着相当不满的表情摇了摇头。这样的举动，让窗口里面的两个人相当郁闷。等老太太走了以后，他们俩嘟囔着说："明明是她不会说英语，怎么还埋怨我们？"

老太太那理直气壮的样子，一下子让我想起了我们店里的那位说法语的女人。那种同样的气宇轩昂，不是被英语挫败，而是挫败了英语的样子何其相似。那以后，每当我因为英语问题而在心中升起自卑与挫败感的时候，那位中国老太太摇头叹息的样子一定会在我的脑海出现。

这段经历让我珍惜我的所有，
为餐桌上有食物、
头上有屋顶而安然知福。

我为祖国代言 /

我在美国讨债

◎ 李赫宁

    2009 年 9 月，我受聘进入美国一家大银行的信贷部门，开始了我的讨债生涯。

    这家银行的债务是先由自己的讨债部门追讨，债务过了 180 天银行就视为烂债，廉价卖给私有的讨债公司，大概是一块钱的债卖成一分钱，基本等于白扔。所以银行花大功夫培训自己的讨债人员，仅在科州的这一个分部的讨债部门人员编制就超过了 400 人。

    受聘过程极为复杂，一次笔试两次面试，都通过之后银行开始背景调查，前五百年的工作经历和犯罪记录都查个清清楚楚，然后去体检验尿，看你有没有服用毒品。我第一次去面试的时候，主管领我穿过一排排的办公间去她的办公室。每个半开放式的办公间里都有人在工作，四周却静悄悄的，根本没有我想象中讨债部门的大吵大嚷的情景。我直言不讳："怎么没有人在电话上大吵大叫呢？"主管听了大笑，随即认真地说："你也许不相信，好的讨债人讲话其实都是慢声细语的。"真奇妙啊真奇妙，我在心里大呼，我要学会这门讲话的技巧！

　　培训期是 4 个星期，分"硬件"和"软件"两部分。"硬件"嘛，就是学习如何操作银行的电脑系统。感谢信息时代，只要欠债人在电话里同意付钱，银行就有千百个办法让钱立马入账。培训中我们练习熟练掌握这些操作，而且要快，"要在客户改变主意之前完成操作"——我的培训经理如是说。另外，我们使用金融界专用的搜索引擎搜索躲债的客户，客户的名字一被输入，马上显示该客户的所有地址、电话，甚至是亲属、朋友、邻居的电话！可怜的美国人，要逃债真是不容易。培训期间大量的时间是花在"软件"——谈判技巧——上，这真是让我大开眼界。同胞们，可不要再跟我一样认为美国鬼子都是直线思维有啥说啥的傻瓜了，其实他们蓝眼睛一翻，看似漫不经心说出的话很可能别有用意，你一不小心就有可能掉进鬼子的陷阱里去。

　　讨债跟销售行业很相像，薪水不高，业务提成却很高。我们银行对讨债人员的业绩评估也极为合理：以讨债的总数、机会的捕捉率、电子付款的利率、信用保持率等十来个数据评估业绩，没有唇枪舌剑的本事，单靠运气的机会主义者根本没有办法生存。以机会的捕捉率为例，是用你联络到的客户数除以你收到款的客户数。甲跟 10 个客户谈话，有 2 个付款，付款总数 1 万元；乙跟 10 个客户谈话，有 8 个付款，付款总数 2000 元。虽然催款总数上乙逊于甲（很可能跟乙谈话的 8 个人统共只欠 2000 元），但在机会的捕捉率上乙一定大大优于甲，乙应该是个更好的讨债人。

培训期间每天出出进进都会看到每个部门前大大的电子显示屏，上面是每个人的业绩。每次路过我都心惊胆战，心想要是我每次都排最后一名该多丢人哪！不求名列榜首，每次都在中间晃悠就好啦，老天保佑！ 4 周的培训过后，一同培训的二十几个人被分配去了不同的小组，分管不同阶段的债务。我被分配到 D 小组，负责欠债 90 天内的客户。

讨债虽然不是直接推销商品，但其实是在推销一个还款理念和还款计划。一个丢了工作马上就要失去房子申请破产的人，跟我推心置腹地聊了一个小时之后，决定取消破产计划，暂时挪用退休基金还债务保房子，再制订计划一点一滴还清债务从头来过。他的第一笔款当然是给我们——因为他的所有债权人中只有我们帮他分析利弊，提供给他大量金融知识，帮他认识到除了申请破产还有更好的出路。这样的例子我每天都会遇到，客户真诚的感激让我有种前所未有的使命感和成就感。第一个月独立讨债，我对这个行业付出了最大的热情。每天劲头十足地去上班，奋战一天，拨无数个电话，讲到口干舌燥，晚上回家兴奋地给老公汇报我今天又收到多少钱，好像自己的账户有进账那么兴奋。当月的业绩单一出来我自己都吓了一跳——我的业绩在同期培训的 21 个人中排第一名，在我所在的 D 组的 15 人中排第四名！从未有过讨债工作经验的我，第一个月的业绩居然高出我们组那么多老讨债人，我大大地骄傲了一番。

接下来的两个月我才知道这个行业有多么消磨人的意志。能够长期业绩持稳、心态持稳的才是真正的讨债人，我不是。

每天都有客户出言不逊："我没收到账单，当然没办法付钱，是你们的错，要我付利息你就更是做梦了！"对第一个、第二个、第三个如是说的客户我有百分百的热情，把账单逐条念出来，对账单遗失的情况深表同情，再动之以情晓之以理地劝说客户——账单遗失是邮局的错，你继续延期不付就会多加利息，损害自己的信用积分云云。等到第八百个客户如此说时，我的热情就耗尽了。终于有一天，我对一个破口大骂的客户回击了。我不骂她，我说事实给她听——"您用我们的信用卡买了东西，不是一天两天、一件两件，是整整一个月 4200 元的消费。

因为您所谓的没有收到账单的理由，就要银行全部为你埋单？消费者有还款的义务，到月底不见账单，应该主动打电话向银行查询，而不是理所当然地认为所有东西都是免费的……"一直哄着客户给他们尊严给他们体谅，百分之百相信他们的话，骗鬼啊，怎么就你家的账单月月都丢？

还有客户抓起电话来就开始骂人，根本让人分不清哪儿跟哪儿。

第二个月和第三个月，我的业绩还是保持不败，可是消极的情绪愈来愈强烈。心态失衡了，没有了开始时的热情，语气开始变硬——这也许是好事，也许是我业绩不跌的原因，毕竟讨债这一行太客气了是不行的。

我的工作时间是周日到周四，每个周日都是比较有挑战性的。很多客户大吼："你居然敢在星期天早上打电话来，不想活了是不是？"我会不卑不亢地回过去："你在星期天用我们的卡花我们的钱，为什么不可以在星期天还钱？"

也有不骂人的客户。一位男士接到我的电话，马上说："啊，我太太正逛街花你们的钱呢！你打给她吧，我可管不了。"能这样幽默的客户不多，我乐得放他一马。

最搞笑的是一位客户拼命问我一个问题："我有三个孩子和一个老婆要养，你知道五张嘴每个月吃多少东西吗？你知道吗？你说呀！你给我说呀！"就是这个人，在电话里折磨了我快一个小时。他不说脏话，我没法放电话，只有死忍，帮他想辙帮他宽心，可能他最后有点不好意思了，勉强付了一点点钱。有业绩板跟着，我没法不忍气吞声委曲求全。可是这样下去，我要生病了啊！

从不轻易服输的我，终于服输了。讨债这一行不是我干的，个人历练和素质都没到火候。可是真高兴有这样一段经历，因为，第一，它让我看到了民生的疾苦。美国也不是到处都是富人。很多穷人很可怜，他们不骂人，把实际情况讲给我听：失业大半年了，失业救济金连房租都不够，房东在催租，家里停水停电了，老婆跑了，孩子在哭……大家在电话里唏嘘感叹，最后他说他可以付5块钱。我能听出他是真心想付，因为有一个人肯听他的倾诉。他欠了上万块，5块钱实在是杯水车薪，而且说实话，这5块钱不够付电子收款的手续费。我帮他把手续费免了，还免了一大堆利息和费用。第二天去看他的户头，那5块钱的支票跳票了。唉，看人这样受苦也折磨着我的心，太善良，做不了合格的讨债人。但这段经历让我珍惜我的所有，为餐桌上有食物、头上有屋顶而安然知福。

第二，这段经历大大提高了我的谈判技巧。

不是开玩笑的，每天几十通电话，每通都是一场战役。有时我赢有时我输，但输赢只是银行账面上的银两，于我，只有赢没有输，这样的经历这样的历练，是花钱都买不到的，而居然还有人付给我钱！想到这儿，我就跟占了大便宜似的嘿嘿贼笑。

我变成了那个女人

◎ 李赫宁

　　二姑是个贤惠的女人，心灵手巧厨艺精湛。这个天生母性极强的女人，疼爱我们就像老母鸡呵护小鸡一般。哪个侄儿缺一条羊毛裤，哪个侄女的刘海儿长到挡眼睛了都瞒不过心细的二姑。对我这个从小失家、18 岁起就一个人过日子的侄女，二姑更是格外照料。隔上一阵子，二姑就煮一大堆我爱吃的肉菜，分袋装好，再骑车送到我家。那些年，放学后或是加班到深夜，一个人在冰天雪地中往家赶，知道冰箱里有二姑的菜就像是知道有人捻一盏灯在等我。二姑的菜谱全是她自己实践所得的真知，细细地记在一个红塑料皮的笔记本上，年代久远，页面已经泛黄了，二姑像守传家宝似的珍藏着它。

　　二姑是我童年时代的"那个女人"，那个有秘密菜谱的女人，那个知冷知热的女人，那个在你愁苦的时候不讲什么，钻进厨房变出一大堆好吃的东西填饱你的肚子让你有幸福感的女人。二姑精心煮出的美味佳肴是母爱的代名词。可是在我童年一个又一个"我长大了想做什么"的决心书里，没有说过想做二姑那样的女人。我长大了要做科学家，要当博士，才不要围着锅台转。

20世纪80年代末，咖啡厅在中国还是新鲜玩意儿。正读中学的我那么新潮，自然要尝这个鲜的。去泡吧，被一个大眼睛一口京片子的女孩儿认定，做了一生的挚友。她叫雯儿，只大我几岁，却已是个成功的生意人了。我这个未出校门的小女生哪里见过她这样走南闯北阅历丰富的女子，立时惊为天人，仰慕不已。可后来与她交往渐密才发现，她也是个婆婆妈妈的煮饭婆。雯儿是煲汤的高手，什么药性、肉性、辅料、配菜、装锅、入碗……雯儿如数家珍；什么白背木耳苹果汤降脂软化血管，多饮雪耳辣椒炖肉汤手脚免冰冷，人参附子汤驱寒补阴……听得我真是——犯困！年纪轻轻的，谁有工夫研究这个。可雯儿就有这份耐心，她永远轻声细语，永远带着微笑倾听，却坚强果断特立独行。年少的日子，我有了烦恼便号啕大哭，甚至冲进雨幕指问苍天为何如此不公。雯儿有了烦恼，去买回一大堆汤料，熬一天的美汤。

雯儿是我同龄人中的"那个女人"，那个在你生病时不送鲜花水果，捧出一碗老浓参汤的女人。她也有一本私家菜谱，精装的封面，上等的好纸，每页背景的图画都美得如幻如梦。年少轻狂的我，虽羡慕雯儿的恬淡心态，却不想做她那样的女人。我要出去赚大钱，好赖也要周游世界，没工夫在家煲汤。

　　葛洛太太是我蓝眼睛的好朋友，也曾是我的老师。初来美国读书时，我修过她的写作课。我很用功也很争气，每篇论文都写得掷地有声，由不得葛洛太太不对这个不言不语的东方女子侧目。葛洛爱才，收我做了门下弟子，毕业很多年了我还常常去她家喝茶吃蛋糕谈论人生。葛洛太太很厉害，里里外外一把抓：两个孩子都读名校且成绩优异，先生事业红火，葛洛家的房子漂亮，庭院整洁。葛洛太太还有一件收服人心的法宝——精湛的厨艺。儿子失恋，她端出油汪汪的牛排加上一小盅 Clam Chowder（蛤肉羹）；葛洛先生生意受挫身心俱疲，太太捧上老公的最爱——Tuna Surprise（美味金枪鱼）加上烤得香喷喷的船形奶油蛋糕，寓意先生事业顺利；邻居乔迁新居，葛洛太太在后院摆出一场烧烤大宴邀上所有邻人一同庆祝……葛洛太太的生活给煮煮烤烤煎煎炸炸填得满满的，用她的话来讲，就是"所有的人生烦恼都是可以在食物中找到安慰的"。

　　葛洛太太是大洋彼岸的"那个女人"，靠一身了得的厨艺，赚去了所有人的心不说，还把一个四口之家经营得温馨和睦。不是开玩笑，她的私家菜谱锁在厨房一个精致的盒子里面！盒子精美得像古董首饰盒，里面足足四大本精装菜谱。几近而立之年的我，虽向往葛洛太太的幸福生活，却不想做她那样的女人。我才不要用美食收买人心，我要用自身魅力去赢得爱。

　　至于吃嘛，我的原则是：只有在自己不必亲力亲为下厨房弄得满身油烟时，美食才是美食。在中国自然是花钱请阿姨煮一日三餐，来了美国虽请不起工人，可加州硅谷各式小吃很多，中式快餐店里五六块钱一个盒饭我要两顿才能吃完，比自己做还便宜，我干吗犯傻自己煮？除了煮方便面我什么也不会做，三十几年的岁月，就给我这样偷懒晃了过去。

婚后，搬到美国中部多山的科罗拉多州。从我家后院望出去，雄浑的山脉连绵起伏气势磅礴，我常常给感动得泪眼婆娑。先生下班回来大叫："我饿啦！"我才回过神儿来："哦，抽屉里还有三块饼干你都吃了吧。"这样下去可不行，在其位谋其政，我得尽一个主妇的责任煮饭了。

这也难不倒我，待我开车出去兜一圈找到几个小吃店就好了。可转了一圈我就傻眼了，什么小吃店啊，方圆五六十里，除了吃正餐的饭店就是麦当劳之类的快餐，吃中餐更是做梦了，我可能是全城唯一的中国人。没办法，想要吃得营养健康可口又经济，只有自己动手了……

两年的时间飞逝而过，我的厨房不但有了真正的刀叉杯碟，还添了和面机、搅拌器、脱水机等厉害的家伙。一天下午我整理厨房的柜子，整理出一大抽屉写在碎纸头上的菜谱，都是我平日吃到好东西便问人家做法，然后随手写在纸头上丢在抽屉里的。中餐有糖醋排骨、软炸里脊、肉菜包子、松仁玉米羹、梅菜扣肉……西餐就更了不得了，法国菜日本菜意大利菜墨西哥菜……波兰地道的风味肉丸子是我的招牌菜！看着眼前铺天盖地的菜谱我惊讶得像见了鬼一样——天啊，我竟然不知不觉变成了我这一生最不想做的"那个女人"，跟二姑、雯儿、葛洛太太一样的女人！不会的，我一时不能够接受这个事实，飞快地跑到楼上，拉开我所有的衣橱——一排排亮闪闪的晚礼服和七寸的高跟鞋述说着我的一场场豪华奢侈的夜宴；一箱箱潜水、跳伞、漂流、冲浪、露营、滑雪的行头喧嚣着我勇者的气魄和努力……我，怎么居然会变成了"那个女人"呢？

其实我是变成了更加成熟更加完美的女人。年少时，只爱那些光鲜夺目的事物，几经岁月打磨和阅历的积淀，终于能够品味人生细碎的、深层的快乐。在做女人的路上不断攀缘，不断进步，终于"出得厅堂，入得厨房"，荣升为"那个女人"。人生真如登山，其间的感悟和进步就如不同阶段见到的不同风景。一时间，我对二十出头就能心静如佛的雯儿肃然起敬。

烤了一只心形巧克力蛋糕，饰以草莓、樱桃和橘瓣，再加上奶油，好不漂亮！再开一瓶香槟，举杯遥敬二姑、雯儿、葛洛三位女人中的女人。

人的一生中常常有很多不同的选择，

但最终

只能皈依一种结果。

朋友吉米

◎ 小 刀

那天我把一锅煮东西用的热水全部倒进水池里，这对居住在下水管道里的生物来讲，无疑是一场劫难。

第二天下午做饭的时候，又是一锅汆丸子用的滚水，我刚要像前一天一样倒下去，吉米做手势让我停下来，神情有点俏皮："这次倒在另一边。"厨房里有两个水池。

我照他说的做了，虽然有点迷惑。

"上次是在那边，杀死了我舅舅和我姑妈一家，今天又倒这边，看来真要把我们赶尽杀绝才算完！"吉米抱着脑袋，身子扭来扭去，尖着嗓子，学着下水道里的虫子被开水烫到的样子，逗得大家都笑起来。六十多岁的人居然还这样喜欢开玩笑。

乐观的人就像是一团火，能很快让周围的人跟他一起快乐起来，即使是冷漠的人跟他相处，也极容易受到他的感染而突然具有幽默感，吉米就是这样一种人。我跟吉米认识完全是出于工作原因，我所在的公司在斯里兰卡建厂，我被派到这里工作。他是新加坡华人，是客户派来的驻厂监督。将近一米九的大个子，我每次都要仰头才能跟他面对面讲话，刚开始的时候还真是别扭，有一种无形的压迫感。

吉米年轻时一定是很帅的，虽然现在年纪大了，但是从面庞的轮廓上还看得出年轻时英俊的影子。

吉米很会做菜，每天下午要收工时就溜到厨房去，很难相信这么一个大个子，居然会迷恋厨房。

我们的厨师是本地人，叫索玛，家住工厂附近，曾经在新加坡工作过两年，回斯里兰卡后就到了我们工厂，煮的是马来味道、新加坡味道和中国味道混合的中餐，四不像，实在难以下咽，所以每次都剩下很多，不是因为吃不完，而是因为吃不下。

每次吉米在这里的日子，便是我们改善生活的时候。吃完饭，所有的盘子都干干净净，就差没有舔一遍，用他自己的话说："还好，没有连盘子一起吃下去。"

所以吉米不在的日子，大家都想他。索玛是想让他来帮忙做饭，她可以借此偷懒，其他人是想他煮的菜。

索玛今天又要请假，这已经是一周来第二次请假了。上次是她姑妈死掉了，这次好像是她的叔叔去世。

快到中午的时候，我去煮饭。虽然厨师不在，饭还是要吃的。

刚从冰箱拿出东西开始准备，吉米进去喝水，看到我在忙，感到很奇怪。

"煮饭的又没来？"

"家里死了人，要去参加葬礼。"

"这星期已经是第二次了，家里总死人，这样的话她的亲戚朋友很快就死得差不多了吧？"

"哈哈哈……"

"他们啊，只顾自己能找到合适的借口休假，从来不管别人的死活。原先我在考格勒的时候，有个工人的爸爸曾经死过三次。"考格勒免税工业区（斯里兰卡著名的工业区）里有很多工厂，吉米在其中一家华人投资的工厂做过厂长。

"有一次一个工人找我请假，说他爸爸死掉了，我想也没想就批准了。过了大约一年，他又来请假——其实我已经忘了他，毕竟有那么多工人，斯里兰卡人又都是差不多的黑面孔——还是说他爸爸死掉了，要请假。我又是想也没想就批准了。等他走了以后，旁边的书记员才悄悄告诉我：'厂长，这个人的爸爸已经是第三次死掉了！'"

我笑得弯下腰。

吉米却顺手拿起刚从冰箱里取出的冻得硬邦邦的鱼头放在一盆水里解冻。

"鱼头做成咖喱味的怎么样？"

他要动手，我就只有打杂的份了。

他在工厂时并不总是在忙，有空的时候也很喜欢跟我一起出去买菜。

　　他的眼睛很利。别人挑剩的两棵芹菜，带叶子的一头被折断不见了，只剩下光秆，这样的菜我平时是看也不会看的。我正忙着拿其他东西的时候，转头看到他已经把那两棵芹菜用胶袋装好："这个好，不必花钱买叶子，择起来也方便。"我看了看，果然秆好好的，而且很新鲜。不一会儿，他又在一堆空心菜下面找到几个绿油油的青椒，青椒在这里难得买到，刚才我怎么就没有看到呢？

　　在肉类柜台前他向我推荐熏鸡——看起来又黄又焦皱巴巴的一只鸡，每次来了都看见它在里面摆着，没见人买过。

　　"这个好吃吗？"我很怀疑。

　　"这个，"他顿了顿，"回家烤来吃。哇！那味道！"他夸张地舔了一下嘴唇，"小心连舌头都会吞下去。"

　　从那以后，这种鸡就经常被我们买得断货，因为很少有人买，进的货少。

　　吉米自称是"光光团"的团长，因为他在这方面独具慧眼，很多别人不肯要或看不到的东西一旦被他发现有价值，便常常给他打扫个精光。

　　我呢，既然经常和他一同出去，也算是"光光团"的团员，只是还在训练阶段。

　　吉米年轻时是运动健将，打篮球、冲浪样样在行，人长得极帅，曾经想当演员，报考过香港的电影公司，录取通知都收到了，可是遭到父母的劝阻，犹豫之下没有成行，最终选择留在新加坡安安稳稳地工作，领一份不多不少的工资。

"也许，只是也许！当时去做演员，情况可能就完全不同。要是真的当了演员，我会变成什么样子呢？是好还是坏呢？"他一边讲，一边陷入遐想。

"会是什么样子呢？或许会成为明星也说不定，或许学会吸毒，不断地换女人，在镁光灯的聚焦下和'狗仔队'无处不在的追踪刺探下戴着面具生活。"

那种生活状态对现在的他来说太遥远了，遥远成一个虚幻迷人的梦境，虽然他曾经和它擦肩而过。

"我也曾经追星，我喜欢明星的光芒。当年喜欢邓丽君，不管她到哪里演出，我都要买飞机票跟去。我追着她去韩国和日本，只是为了在演出结束后能从后台人山人海追捧的人群里挤出去，给她献一束花，可她从来不知道我是谁。后来她死的时候，我哭得一塌糊涂，让我太太嫉妒得要命。"

吉米一边说着，一边爽朗地大笑。

人的一生中常常有很多不同的选择，但最终只能皈依一种结果。

吉米又回新加坡去了，快一个星期了，并不算久，但是我们已经开始想念他的咖喱鱼头了。

在族群混杂的他乡，
人们隔街相望，
却仍似隔着一堵城墙。

我为祖国代言 /

缺席的故乡

◎ 桑 雨

曼哈顿岛南端的"中国城"对所有身处异国的国人而言，都像是山寨版本的家乡。虽然近年来，由于大批新移民进入和大批货真价实的国内餐饮连锁店入驻，位于纽约皇后区的法拉盛已然成为更加逼真和质量更高的山寨家乡，但由于其稍显偏僻的地理位置，至今仍无法撼动曼哈顿岛的中国城的地位。

当你闲逛到中国城时，会欣喜地发现，这里是一个慰藉你因为过度爱国而日渐萎缩的胃囊的好去处。当街边的菜市场开始摆出一排排新鲜的鸡鸭鱼蟹时，只有一两只碍眼的黄金海岸大龙虾在提醒你，这不是你记忆中的乡村集市。但谁知道呢，出国这么多年，说不准国内的乡村集市也开始贩售黄金海岸大龙虾了呢。于是你深深地吸了一口气，让鱼腥味灌满你因思乡而时不时变得空荡荡的胸腔。

我初来纽约时曾盘踞中国城三个月之久，但至今仍无法自信地在这片全曼哈顿岛城市规划最匪夷所思的地区穿梭。在这里，大大小小的街道错综复杂，自说自话地便随意铺开了。每当我斗胆带着朋友进入中国城觅食时，都不好意思承认自己其实和他们一样迷茫。当我们焦头烂额地停在某个人潮汹涌的路口打开谷歌地图时，朋友们总是向我投来质疑的目光："你不是在这里住过三个月吗？"而我只能尴尬地解释："不知道为什么，这个地方每次来都不一样，白天和晚上不一样，人多时和人少时也不一样。"朋友再次投来不信任的目光，诘问道："中国城还有人少的时候？"

更有趣的是，中国城是许多初次到访纽约游客的必游之地。从地理位置上看，中国城往北便是著名的购物圣地 SOHO 区与纽约大学，往南是华尔街与自由女神像。当所有的旅游景点都非常配合地站成一排待你检阅时，你简直不好意思跳过其中任何一个。

于是你会发现，操着各国语言的游客们兴致勃勃地拿出专业相机，对着无辜的鸡鸭鱼蟹，寻找拍摄它们的完美角度；或是操着不熟练的英语，与同样操着不熟练英语的店主讨价还价；也有青春洋溢的小女生一脸惊喜地向同行的男友表示，自己第一次感受到了东方风情，而男友亦提着满满几袋准备分发给亲朋好友的塑料筷子和印着龙图案的 T 恤，满眼怜惜与欣喜地看着她点头。

作为资深语言爱好者的我也不得不承认，在中国城，有时方言比普通话更好用，而方言之中，最好用的便是粤语和闽南话。

这一现象与此处居民的主要构成密切相关——最初来美国东海岸定居的中国移民大多来自东南沿海地区，而他们在遥远的太平洋彼岸，仍保存了包括方言在内的诸多区域特色。

因此，曼哈顿岛中国城的多数中国餐馆，都是带着东南沿海地区特色的茶餐厅或扁食冷面馆，而我也不止一次向朋友解释过，这个中国城大致更能代表中国东南沿海地区的文化，而非整个中国的缩影。然而对广大游客甚至多数当地人而言，这里的中国城便是他们认知中的中国。如若去北京的机票太贵，办理去中国的签证太麻烦，那能够到曼哈顿的中国城走一趟，也算是身体和心灵都在路上了。

不仅仅是中国人，那些怀着"美国梦"、奔着绿卡，从世界各地涌入美国涌入纽约的人们，都不约而同地选择与自己相近的族群建立连接：一个新来的法国人会因为认识了另一个法国人而迅速地融入当地的法语社区；一个土耳其人会因为去了某家土耳其饭馆而立刻成为当地土耳其社区的新成员；而一个中国人，在来到美国之前，恐怕就已经与生活在这片土地上的同胞建立起了千丝万缕的联系。

这也是为什么，杂货店店主永远是印度口音，干洗店的老板娘大致都带着割完双眼皮后的精致妆容，而美甲店与按摩店里，也常是叽叽喳喳的一片乡音。或许在故乡的土地上，人们一直在冲锋却难以攻陷的多是由社会、经济地位的差异带来的束缚，然而在族群混杂的他乡，人们隔街相望，却仍似隔着一堵城墙。

在某种意义上，人们并非因为厌恶与自己不同的他人而选择与同类聚集在一起，而是为了构建起一个缺席的故乡，难免需要找人凑数，张三拉来了李四，李四介绍了王五，就这样拼拼凑凑，或许不难仿造出那个记忆中的地方。

明天是什么意思

◎ 孟向京

一个印度朋友到北京开会，打电话告诉我说会议结束后只有一天的空闲时间，约我那天早晨 7 点半到北大找他，带他游览一下北京。我很爽快地答应了。约定的那天早晨匆匆吃了点饭，我赶往北大芍园宾馆。到服务台我先给他打了个电话，他说他马上出来。从房间号看他是住在一楼，以为他真的是马上就会出来，然而等了半天并不见人影儿，我心里纳闷了，难道他还没有起床？终于等他从楼里出来了，我以为可以出发了，然而他却说还有另外一个印度人在这里，他们要一起去吃早餐。吃完了早餐，他说回房间一下，10 分钟回来。而这个 10 分钟又让我足足等了有半小时。等他面无愧色地和他的朋友一起出来时，我心中懊恼不已，唉，离开印度几年，怎么把那个 "IST" 给忘了呢？

第一次听说 "IST" 是到达印度孟买国际人口学院后的第一个

周日的早晨。负责我们国际学生的帕萨特先生头一天跟我们约好，早上9点让我们在楼下等待，他会过来带我们去附近的一个银行开一个账户，联合国给我们的资助会按月打到我们的户头里。7个来自不同国家的国际学生在9点钟都按时到了楼下，只有帕萨特先生没有到。晚一点也可以谅解的，然而一直等到9点半了，他老先生（其实是个年轻人）才姗姗到来。等的时候我一直在说，怎么会这样？他是不是忘了？旁边的一个来自不丹的学生说："你不知道吧？这是'IST'。他们就是这样的。"什么是"IST"？我被搞糊涂了。他解释说："'IST'就是Indian Stretching Time（印度伸拉时间）。印度人一般都不守时，所以他们的时间就是'IST'。"不丹是印度的友好邻邦，所以不丹人对印度人的习性也比较了解。

又过了两周，学院组织新入学的学生周末去参观孟买。通知的时间是早上8点。虽然知道了"IST"，但想学生应该都是接受现代教育的，应该是比较有时间观念的吧？所以还是8点就准时下了楼。走到一楼发现，一楼的餐厅里还有很多印度学生在吃早餐。我想也许他们不是和我们一起去玩的。然而等到上了大车，才发现里面坐着的只有几个国际学生，印度学生一个都没有。过了半个小时左右，印度学生才三三两两地出来，有几个正是刚刚在餐厅里坐着吃饭的学生。我不禁生气而又无奈地看了不丹学生一眼，两个人几乎异口同声地说了句"IST"，然后相视而笑。原来这真是个通用的时间规则，我又领教了一次。

　　孟买的夏天很热，空调又很少见，学校里到处安的都是那种吊在天花板上的吊扇。教室里、会议室里、宿舍里都是，据说有的学生宿舍里的电扇从住进去就没有关过。电扇的风力很大，而且无所不在，这对于不是很爱吹电扇的我来说经常有种躲没处躲、藏没处藏的无奈。所以在宿舍里我很少开电扇，只在热得受不了时才打开吹会儿。有段时间很热，不得不经常打开电扇，结果发现我的电扇吹起来声音特大，听起来很让人难受。于是就报告了学校，让他们派人来修。电工倒是很快就来了，爬了梯子上去看了后说，这个电扇旧了，他明天拿工具来给我修。我满心欢喜，连说谢谢。第二天哪儿也没去，乖乖地在宿舍里等他来给我修电扇。然而等了一天也没见人影。不仅那天没来，等了几天也没见人来。无奈之下，又重新到登记簿上进行了维修登记。这样一直等了两个星期，那个电工才再次来到我的宿舍。但他修了半天，电扇依然嗡嗡响。他说看来修不好了，我过两周来给你换个新的。我说那也行。就让他走了。刚送他出门，忽然反应过来，上次说明天，让我等了半个月，如果是两周后的话，那岂不是几个月就要出去了，那时我就已经离开孟买了。于是，我赶紧追出去喊："你给我回来——"

　　在印度学习结束的时候，学校要为毕业的同学举行一个告别晚会 (farewell party)。我的印度朋友阿琪娜坚持要送我一套纱丽，而且说好让我在告别晚会上穿。纱丽是印度女性的传统服装，外面就是一大块长长的布（花色、质料各异），按一定的规矩缠裹在身上。但穿纱丽时上身要穿一种跟纱丽颜色和质料相配的小紧身衣，下身要有一个衬裙，这两者都要量身定做才行。阿琪娜领我去了一个市场，找了一家小裁缝店为我量了尺寸，把布料留下，说好了在告别晚会的前一天去取。

告别晚会的前一天傍晚我搭小摩的去了那个市场，满心欢喜地准备拿我定做的东西，找到了那家裁缝店后，女老板找了半天却告诉我说还没有取回来。我 10 个多月积攒的有关"IST"的怒火，在那一刻腾地全冒了出来，冲着女老板喊道："你答应我今天可以取活儿，你就应该把它做好，你们印度人怎么可以这么不讲信用？"女老板大概也被我的火气震住了，一个劲儿地解释说，不是没做好，而是去取的人出了问题，没有取来。"我不管是哪里出了问题，你答应了我，你就应该负责到底。我明天晚会上必须要穿上这套服装。"我实在是忍无可忍。女老板还在解释，我却越来越愤怒。后来她说，这样吧，我现在就派人去取，取来等我下班以后给你送过去。我将信将疑地留下了自己的地址，带着绝望和愤怒回到学校。

回去和同伴们讲起我的遭遇，说实在的，对她能否给我送到一点也不抱希望。要分别了，大家聚在一起聊天，慢慢地忘记了自己的愤怒。快到 10 点的时候，听到有人喊我的名字，出去一看，竟是下午见到的裁缝店的女老板一家，带着上小学的女儿。她把我的衣服递给我，然后说，我们收了工，回家接了孩子就来了，我们印度人说话是算数的。这样一来，我反倒不好意思起来，主要是让小孩这么晚也跟着跑出来。我赶忙接了衣服，连说谢谢，还拿了点好吃的给了那个小女孩。不知道这样的事会不会给她留下深刻的记忆，或许到她那一代，"IST"会有所改变吧？

我终于在告别晚会上穿上了阿琪娜送给我的纱丽，那是我平生第一次穿纱丽，也许是最后一次。告别晚会的第二天我就离开印度回国了。那套美丽的纱丽现在依然躺在我的衣箱里，偶尔翻出来看看，会让我想起我在印度的那些美好有趣的经历，想起我的好友阿琪娜，却已经忘了很多有关"IST"的故事。

她有时候会恍惚想起

她在英国牵着我的衣角跟在我后面什么都不用愁地走着，

那感觉真棒

——我也记得那感觉，那年我 4 岁。

我为祖国代言 /

去英国旅行的妈妈

◎ 米 周

　　她是我妈。5年前，她把我送到欧洲读书；5年后，我毕业时，她要来英国看我。

　　我一开始不太赞成，这么大老远的，跑来干吗呢？她不会讲英文，做什么事都要我在身边，何况英国真的没什么好玩的。结果她还是来了。

　　我去接她，她一身冲锋衣，背个小书包，拖着一个拉杆箱，站在希思罗机场稍显土气。

　　和许多妈妈一样，她到了英国面临着很多的不习惯，而她的这些不习惯也让我无所适从。比如，她会在店里试衣服的时候用中文大声跟店员讲那衣服如何如何或是大了小了，以及自己原来体形很棒，等等。而我只好在一旁飞速地挑重点翻译，最终告诉人家，我们再去别的地方逛逛好了。作为留学生，我平时很少去餐馆，就算去，也只去熟悉的几家中餐馆。

我带她去吃中餐，她吃得不开心：这东西国内只要一半的价钱就吃得到，你带我吃这个干吗？于是我从网上查了几家评价不错的西餐小馆，进去之后她又读不懂菜单。我给她从头到尾翻译菜单，通常是翻译后面几道菜的时候她把前面的给忘记了。最后她还是胡乱点了一个，上来胡乱吃掉了，回头还埋怨我，说不了解的地方就敢来，西餐也没什么好吃的嘛。我跟她解释，说这是网上评价很高的地方。

她教育我说，网上的东西不能随便信。虽然她从来都不是一个小气的人，可她却习惯于在每一个价格后面加一个零，将其换算成人民币，然后嘟囔一句："好贵啊！"她会嫌外国人办事效率低，说喊结账半天了也不来人，一个劲儿地让我催促。她会嫌弃外国旅馆的条件不好，钱没少花，却连双拖鞋都没有。她特别喜欢小孩子，看见"洋娃娃"总喜欢用中国人的方式逗人家，但我总觉得那样似乎不太礼貌。她喜欢照相，随时随地会摆出各种造型，而且对相片的质量要求非常高，人的大小、景物的高低都不能马虎，有时候为了照好一张相片不惜浪费很长时间。

有的时候，她让人哭笑不得。因为不会说英文，所以她特别愿意主动和一路上遇见的中国人尤其是中国留学生聊天——这让我很不习惯。留学生们和她聊了一会儿之后总会对我说一句："能带着妈妈出来玩，羡慕死我们了。"如果说这话的是姑娘，她就会在事后冲着我自豪地说："看，人家都羡慕你呢。"仿佛是她帮我在姑娘面前加了分似的。

有的时候，她让人觉得很无奈。她会跑进化妆品店，开心地对外国化妆品行业了解一番，虽然她很少化妆。我们的购物方式有冲突，这么多年独自在外，我的习惯是缺啥少啥径直走过去，拿了结账；而她习惯于国内有人陪伴的购物体验，对于英国店员总是站在一旁让你自己看来看去觉得很不理解。她总是拿起她感兴趣的东西让我在外包装上找出原料、原产地、生产日期，她会问我这东西是否适合她的年龄，而我一个男生，对化妆品着实不了解，就算叫来店员，也依然弄不懂这些复杂的问题。

有的时候，她让人很心烦。她有着女人特有的敏感和不信任。尽管从来没来过这里，地图也不在她手中，但她总是要对我选择的路线提出质疑。我在和别人交流的时候，比如问路、买票、结账时，她总是在一旁不停地提醒我，钱要点好、不要被骗、票据要写清楚、收据要留好，等等，我在用英文与别人交涉的时候，还要腾出一只耳朵来听她喋喋不休的中文。

终于有一次，好像是因为办退税我们出现了分歧，我终于沉不住气了。我带着她走到海德公园，找了个长椅坐了下来，对她说，我累了，想歇一歇。她知道我不开心，倒也不急，坐在旁边，拿出那本 Lonely Planet 系列的《英国》慢慢看起来。那是一本又厚又重的书，也是她一路上带的唯一的一本中文书，已经被她翻了好几遍。有时候我在火车上醒来，就见她不是在翻那本书，就是在看着窗外。

过了一会儿，她轻轻地碰碰我，像个孩子一样对我说："我想上厕所。"

我叹了口气，把她带到附近的一个公厕，帮她投了 50 便士，看着她走进去。等她出来，我又带她回到了那条长椅上。

好像过了好久，她一直没有说话。我回头看她，她脸色很不好。

"我想你爸了。"她突然说了一句。

我忽然意识到自己做了一件多么可怕的事情。独自生活的 5 年早已经让我忘记了刚踏上这片土地时的恐慌。我很自然地认为，我知道的事情所有人都应该知道，但事实上，除了"English, no"之外，她几乎不会讲一句英文，更是一个字也听不懂。她仿佛身穿一件厚厚的潜水服，而我是连接她与外界的唯一通道。虽然每天都和她在一起，但我走在街上可以听懂路人的议论，看懂公交车上的广告牌，而她除了我，只有那本《英国》。

我隐约记起，在我刚踏上欧洲土地的时候，也曾因为外文不熟，说话常常跳出中文；也曾经因为在餐馆聊天声音大引得邻桌频频侧目；也曾不习惯那血淋淋的牛排和苦兮兮的咖啡；也曾将所有的价格乘以汇率，然后畏首畏尾地花钱；也曾向"洋娃娃"抛过媚眼，被他们的父母回以善意的微笑；也曾随身带着相机，在别人的目光中留影纪念。

中西方的环境差异如此之大，我怎么可以期待她在几天之内就做到我几年才领悟的程度？她敢于自己买张机票，从熟悉的中文世界跑到万里之外的英国，就是因为我在这里，我是她的信心。

她确实愿意和遇见的中国人聊天，但往往都聊得很投机。很多人甚至和她互留邮箱，约定她回国之后继续联系。她确实喜欢通过我向外国人问这问那，但也说出了一些比我有深度的观点，让外国人惊诧。我们甚至遇到一位老教授，他为了听我妈妈讲中国，请我们吃了一顿价格不菲的晚餐。她确实做事很小心，可这是她一贯的作风，而我也因为保留了结账的票据，在稍后发生的事情上大大受益。

她虽不会英文，却倾其所有，让我接受了最好的教育。

我站起来，拉起她的手，对她说："咱们走吧。"

"去哪儿？"

"白金汉宫。"

"那是哪儿？"

"是英国女王住的地方。"

她打开她的小书包，拿出那本《英国》，嘴中念着"白……白……白……"打算找白金汉宫的介绍。我把书接过来，翻到了那一页，边走边给她念："白金汉宫，位于英国威斯敏斯特城内……"

一段念下来，她似听非听，眼睛看着远方。

"听了吗？"

"嗯。"

"看什么呢？"

她指着天边，对我说："你看那边的天好低啊，云彩好像伸手就能够到。"

　　初秋的伦敦有些潮湿，温暖的太阳晒出落叶腐败的味道。我越过她的头顶向她指的方向看去，才发现，原来 5 年没有和她并肩走过，她竟然矮了那么多。

　　和她在英国的旅行已经过去了 2 个月，我们已经回国，而她也回到了自己熟悉的环境，每天依旧忙忙碌碌地赶场子上课，满意于饭店里服务员的速度，还有购物时被店员尾随着随时问这问那，就好像那一个月的英国之旅从没发生过一样。只是偶尔，吃过晚饭，她会对我和我爸说，她有时候会恍惚想起她在英国牵着我的衣角跟在我后面什么都不用愁地走着，那感觉真棒——我也记得那感觉，那年我 4 岁。

美国职场故事

◎ 陈思进

胡大姐下岗记

胡大姐是我在纽约皇后学院的同学。她是陪读的，待在家里觉得无聊，便也赶时髦进学校读了几门电脑课。她岁数大了，又是文科出身，电脑读得真够累的，凡是难度较高的作业，都只能由老公代劳。

毕业后，大家都以为凭她的编程水平，找工作肯定很难。可是没想到她非但找到了工作，而且还闯进了华尔街。一家中型投行的人事部新买了人事管理软件，需要加一些公司的程序进去，人事部的头儿不懂电脑，面谈时看着胡大姐顺眼，就用她做助手，试用期3个月。

胡大姐正儿八经地上班了。资料档案的事儿难不倒她，如果遇到编程，老样子，将老公前一天晚上写好的程序带到公司打进电脑。3个月试用期一过，上司希望她立刻转正，还答应送她出去修几门 HR 的课程。

正中下怀！胡大姐别提有多高兴了。

胡大姐虽然工资不高，却做得得心应手，不知不觉中居然过了 15 年。而在此期间，她的上司，甚至上司的上司都已经几轮换下来了。她时常说笑，华尔街是"铁打的营盘，流水的兵"，只有她是"铁打的兵"，实属奇迹。

眼看再做五六年就可以退休了，不幸，金融海啸来了，公司的境遇每况愈下。这一年来胡大姐忙极了，平均每天送走两三个员工，她既要准备文件，又要做好安慰工作，弄得她手忙脚乱。

一天，上司给她安排了助手，是个新毕业生，让她好好培训。3 周过去了，那天她刚到公司，就被自己培训的新手告知：对不起，你被裁员了！以往这句话，都是她对别人说的，没想到自己也会有这一天！

不过，幸好她老公刚获得国内一家大学的聘书，正考虑是否"海归"呢。这下好了，反正她没了工作，一起回家吧。

慢着，当她打开离职的 Package，注意到她的遣散费竟然相当于 4 年半的薪水！在人事部门干了这么些年，她最清楚了，遣散费应该是每工作一年，给 3 周的薪水，工龄每超过 3 年再加 1 周。按胡大姐 15 年的工龄计，本该为 $15 \times 3 + 5 = 50$ 周，差不多一年的薪水而已。她想，大概是公司开恩，看在她兢兢业业干了十几年的分上，特别优待她吧。

回到家中，胡大姐将情况跟老公一说，两人跳起了探戈舞，立刻打包准备回国。

可第二天一大早，胡大姐接到了前上司的电话，说是由于电脑故障，遣散费计算错了，既然大家都签了字，公司绝不反悔，不过假如她选择回去上班，裁员决定作废，并且保证只要公司不倒闭，她能干到65岁退休。她客气地一口谢绝，说全家已经准备回中国了。她老板没辙，最后提一个要求，请她回公司将电脑程序中的那个Bug消灭掉。这倒没问题。

第三天，胡大姐去原公司打开电脑一看，天啊，这个Bug是她自己在15年前"创造"的，更准确地说，是抄她老公的，不过抄错了一个符号。程序中有一行是计算工龄超过15年员工的遣散费的，她把后面那加法写成了乘法：$15 \times 3 \times 5 = 225$（周）！

而这些年，这家公司裁员的员工中，也只有她一人的工龄超过了15年，真是因祸得福！

升职值得高兴吗

在华尔街，不管公司属于哪个国家，企业文化都大同小异。进到办公楼一看，谁是什么级别一目了然：最中间的都是交易员；其他做系统支持、模式分析、风险控制的人，把交易员们团团围住，被隔在一个个（小隔断）里；而单人办公室全部临窗，级别越高办公室越大，拐角的一间肯定最大，级别当然也是最高的。

我第一次下岗，是因为公司被兼并了。我去参加一个由公司出钱安排的专门帮助下岗的人重新找工作的培训班。坐定下来，四十多个"难兄难弟"一一自报家门，一听吓一跳，这些人当中，有曾经的副总裁、总经理，甚至还有 CTO、CIO 及一个中型公司的 CEO！他们也会下岗？

华尔街公司每年给员工进行两次表现评估，7月份"预热"一次，年底定总分，达到期望值的算 2 分，超过期望值的为 3 分，没有达到期望值的只有 1 分。一旦拿到 1 分，不用说了，走人吧。当然，有罚就有赏，那些被评为 3 分的，拿大红包，加工资，一般还会晋级。有人可能会问，要是大家都很努力，表现都很好，不就没有 1 分了？No！这是有名额比例的，总有 5% 到 10% 的人拿 1 分，20% 到 30% 的人拿 3 分。也就是说，每年年底，无论如何，每个公司都至少有 5% 的员工卷铺盖。

走人自然不爽，那么升职加薪就一定是好事吗？也未必。

我的一个上司曾经这样形容说，华尔街的职场就像跳高，你的级别就是横杆的高度，跳过去之后，横杆就会向上挪（升级），大家的眼睛都紧紧地盯住标杆，先从小隔断搬进小单间，然后是中单间，再是大单间，最后搬进拐角的办公室……一旦跳不过去把横杆碰落，结局就像跳高运动员被自然淘汰，也就到了你走人的时刻。

华尔街的中国人具体工作都完成得相当漂亮。头五年每年能上升，也正因为有评分制度，人人使出浑身解数，一个个如同劳模。

但往往升到中级时，我们的弱点便显现了，开会做报告、和上下级打交道等"洋皮"往往扯得力不从心。因此，升到中级的中国人长项用不上（无须做具体工作），短处却暴露无遗，结果便可想而知。

有人会说，每次评分拿 2 分不就行了吗？可以固定在一个级别一直做下去。但是这个尺寸很难拿捏，因为谁都不愿意垫底，肯定会拼命干，迟早会陷入华尔街的升职陷阱。

除非像 5% 的人那样，他们在华尔街待过多家公司，参与开发过无数的产品，对各种系统了如指掌，从前台到后台路路通，早已身经百战练成精了。这样便可转轨道做资深顾问，就好似由跳高运动员变成教练，整天"指手画脚"即可。一旦你成为这样的人，当然就能一直干下去。我曾经遇到过一个老大爷同事，出于好奇一问，他已"芳龄"82 了！

有小草就有生命了，

有树就会好好生活了，

这样人们就永远不会再打仗了。

我为祖国代言 /

小小的世界公民

◎ 阿 刺

"爸爸妈妈，你们过来一下！"6岁的米乐躺在卧室的床上，听见我们进了家门，大声喊道。

虽然已是深夜，窗外，开罗的大街上仍不时传来激战的枪声。埃及政局发生动荡已经好几天了，开罗解放广场的示威游行愈演愈烈，街头安全形势持续恶化，宵禁时间不断提前。白天就有几名不明身份的武装人员冲进大楼，举着枪到处叫嚣，炫耀武力。

晚上，大家聚在一起商量，万一夜里再出现紧急情况该如何应对。

"我们三个人不要都睡觉了，轮流值班吧。"

米乐眼睛睁得大大的，认真地说。

妻子一听就乐了："傻孩子，就算真的要值班也轮不到你啊。别操心了，快睡吧！"

米乐翻了个身，一会儿又翻过来，似乎还是不放心。

我们在媒体工作，因为工作需要派驻中东，米乐从小便跟着我们一起来到埃及。我们的家虽然不在骚乱中心地区，但这几天也时刻感受到危险的存在。

米乐从小就爱操心，到埃及以后更是因为爱操心出了名。一次，我们在英国旅行，同行的阿姨忽然发现落了行李箱，回头却发现米乐在后面默默地拉着箱子跟着走了很久。到了一处景点，大家准备分头行动，米乐认真地问我："每个人都知道几点碰面吗？知道在哪里碰面吗？"那次不明身份的武装人员冲进大楼时，吓坏了从国内到开罗实习的女孩。米乐听了大姐姐的诉说后，安慰了她半天，感动得那女孩快哭了。慢慢地，大家不敢小看这个爱操心的"小大人"了，讨论问题也不刻意回避，让米乐尽情发表自己的意见。

由于埃及局势动荡，学校全部停课。

白天，我要出去采访，妻子要在办公室紧盯埃及国家电视台的最新消息，米乐只能跟着妈妈一起在办公室里打发时间。偶尔有人过来，逗他："知道外面怎么了吗？"米乐兴奋地举手说："我知道，我知道！就是埃及人不喜欢穆巴拉克了，想让他走人！"大家就都乐了。每天跟妈妈一起盯新闻，小家伙还真听进去不少东西。

受到大人的赞扬，米乐有些得意，随手拿出一幅自己的绘画作品向大家展示。画面中，一台老式电视机中间并排坐着两个人。

"这是穆巴拉克，他在跟副总统说，我不干了，你当总统吧。"米乐指着画，煞有介事地说。

十几天的动荡之后，穆巴拉克终于移交了总统权力，埃及局势逐渐趋于平稳，学校也通知复课。一大早，米乐兴奋地跟我去学校。路上，一辆辆坦克仍停在街道的主要路口，米乐和我不得不在坦克之间绕来绕去，再从坦克炮筒下钻过去。就在前一天晚上，穆巴拉克宣布移交权力之后，整个开罗都在欢庆，米乐被狂欢的埃及人抱上一辆坦克。那是他第一次站在坦克上面，既兴奋又有些害怕。坦克不规则的外壳很难落脚，米乐很快就从上面滑下来，掉进我的怀里。

几天后，我被派往利比亚，那是一个比埃及更加混乱的地方，一个真刀真枪的战场。米乐从大人们的言谈中知道了我面临的危险。一年前，我去伊拉克采访，那些天大家发现米乐整天闷闷不乐，吃饭也没心思。现在，米乐又长大了一岁，开始尝试用更好的方式表达对爸爸的关心。

"爸爸，你快回来，我给你准备了一件礼物。"和我视频聊天时，米乐甜甜地说。

十几天后，我安全返回。一进家门，米乐兴奋地把一幅画塞进我手里。

画面中，一片绿色的草地上长着粗壮冲天的大树，半空中悬挂着一块绿色的长方形，下方是一个红色的小人躲在掩体旁。

"我要告诉爸爸，在利比亚要是遇到危险怎么样才安全。"

米乐继续按照自己的逻辑解读自己的作品，"有小草就有生命了，有树就会好好生活了，这样人们就永远不会再打仗了。"

战争的色彩和情绪就被一个 6 岁男孩浓缩在这一整幅红与绿的浓郁冲撞之中。

刚果奇遇记

◎ 范植礼

　　刚果共和国位于非洲中西部，国土面积 34.2 万平方公里。该国自然资源丰富，有多种矿藏，石油业和林业为该国经济两大支柱产业。刚果共和国是与中国建交较早的非洲国家之一。飞机从亚的斯亚贝巴起飞，经过近 5 个小时的飞行，终于抵达刚果共和国首都布拉柴维尔。飞机缓缓降落，开始在跑道上滑行，飞机上的非洲妇女们顿时鼓掌，庆祝飞机平安降落。

　　不大的行李厅犹如菜市场一般嘈杂而拥挤。行李车都被一些不是旅客的人把持着，他们为旅客寻找和提取行李，以换取他们的服务费。在警察检查行李的桌子旁边，几个当地人围拢着，询问有没有药品出售，经过一番番解释和说明，我们终于冲出重围，浑身大汗淋漓。我到过很多非洲国家，这个机场的管理之混乱、效率之低下令我惊讶不已。当天，我们又登上航班，经过 40 分钟的飞行到达黑角。我所在的中国建筑公司正在这里修建公路。我们要去的地方是在黑角和多利吉之间的姆武蒂。从黑角到姆武蒂通常 4 个小时就到了，这次因为下雨竟然走了 11 个小时，傍晚时分我们才到达马永贝森林腹地的驻地姆武蒂，结束了我们的艰苦行程。

清晨，云雾缭绕的马永贝森林好像蒙上了一层薄薄的白纱，越发显得神秘莫测。大树上和竹林里，灯笼状的鸟窝密布，悬吊在树枝上，构成奇特的景观。暴风雨过后，很多鸟窝掉在地上，有的鸟窝里还有雏鸟。

姆武蒂地区山高林密，雨水丰沛，气候潮湿，具有明显的热带雨林气候特征。这里的萨福树很多，结出的红色果实名叫萨福，很好看。当地人要等萨福变成紫黑色时才采摘下来，放入开水中煮两三分钟后取出放到盘子里，撒上少许盐作菜食用。据说萨福有催眠作用，通常每次食用不能超过 10 颗，否则会想睡觉。我曾经品尝过一次，味道很难说清楚。很多国人不习惯这种味道，我倒能接受，一口气吃了 6 颗，没有任何感觉。

从姆武蒂到多利吉，沿途不时可以看见在道路上穿越或沿草丛奔跑的蜥蜴等小动物。有一次，我们看见一只穿山甲在路旁的树丛中急速爬行，司机停车寻找了好一会儿，不见踪迹。半路上，还看到一棵巨大的猴面包古树，树干上雕刻着许多字。听刚果朋友介绍以后，我们在树上找到了雕刻的"E.B1887"，这是法国探险家布拉柴 1887 年路过这里的时候镌刻的，E 是"探险家"法文的首字母，B 是布拉柴名字的首字母。刚果朋友还说有一幅图案是刚果现任总统萨苏在多利吉读小学时刻的。大树的另一侧有一个偌大的树洞，有两三个人高，犹如山洞一般，可以容纳很多人。

竹子在这里随处可见。与我们国内的竹子不同，这里的竹子疯长得很高，但根基不稳，容易倒伏，但是它们的生命力极强。我们营地用竹子做的栏杆里，插在地里的竹筒顶部、腰部和底部都生出了枝丫，上面长着许多绿绿的嫩叶，它们居然又成活了，这是多么顽强的生命啊！

在我们的驻地，蒙眬中，有人觉察床边的椅子上有两只小眼睛在注视着他的脸，翻身起来到处寻找，却不见了；睡眠中，有的人脸上有蜥蜴匆匆爬过；有人干活时被马蜂蜇得昏了过去。这都是在马永贝森林驻地发生的真实故事。有人告诉我，在食堂后面的水沟里看到了一条蓝色的蛇，头部是尖的，尾巴是扁平的，像鳝鱼。我在去多利吉的路上还两次看见路边有竹叶青蛇。一天，营地的黑人保卫喊我看食堂门前台阶旁边的变色龙，这个丑家伙长得怪怪的，我连忙跑回房间拿照相机拍下来。事后当地人告诉我说那家伙有剧毒，被它咬到或者被它吐出的毒液粘到皮肤上就一命呜呼了。好吓人！

当地还有一种长得像老鼠的大吸血蝙蝠，又称"吸血鬼"，生活在树上。听人说它们用四只利爪爬上树，靠风帆状的两翼从树上滑翔下地，它们也是当地人的美味佳肴。

当地人几乎什么活物都吃，甚至连我们养的小猫也不放过。

一天,它被我们招聘的机修工追着打,可怜的小猫躲到了汽车底下,到现在也没回来。工地上,在低洼处清淤的挖掘机挖到一条鳄鱼,约 5 公斤重。他们把它杀了,发现它肚子里还有 7 个雪白的蛋。那天在路上遇到一位老者,他手里提着一只刚被打死的豪猪,头部血淋淋的。为我们开车的当地司机停下车,经过一番讨价还价,最后用 2500 法郎(中非金融合作法郎,约合人民币 36 元)买下了这只重约 1 公斤的小豪猪,他脸上露出开心的微笑。

在马永贝森林里修路很艰苦,热带雨林里疾病很多,有伤寒、霍乱、疟疾。在姆武蒂施工的中国人大多都打过"摆子"(患过疟疾),有人甚至是"二摆"或"三摆"了。

我从刚果的法文资料中得知,1921 年至 1934 年,为修穿越马永贝森林的刚果至大洋铁路,招募的工人总人数达 127250 人,死亡约 16000 人(也有的说是 15000 人到 23000 人),占总人数的约 13%。曾有人说,为修这条铁路付出的代价是"每根枕木一个劳力",可见当年在马永贝原始森林里修筑铁路有多么艰难。

一天早晨,当地的卡车司机报告说多利吉的司机在他们凌晨下班后偷他们汽车里的柴油。我们将此事报告给了多利吉警察局。经过审讯,在我们工地工作的两个当地司机和一个当地保卫承认偷盗柴油并被警察局关押了。原来,工地保卫、司机和外面的出租车司机勾结起来偷盗油料。多利吉警察局羁押了一个出租车司机,还扣押了一辆被盗的摩托车。我们为此向警察局支付了手机费、夜间出租汽车费、夜餐费、调查审讯费、文件费等费用。

我在多利吉警察局看到，被拘押的人都没有饭吃。警官跟我说被拘押者的家属经常不来送食品，警察们每天的食品有限，无力帮助被拘押的人，问我能否帮助他们，给他们点钱买食品。在我们工地偷盗的工人被关押以后，还要由我们负责他们的饮食。有一个被关押的小男孩给我的印象很深，他因打架被关了20多天，因为法院的裁决书没有下来，就一直这样被关着。没有人给他送饭，他靠偶尔来的人的施舍买食物，否则就饿肚子。听警官说他已经2天没吃东西了，我也给了他一点钱买吃的。

中国人来修路了。伐树队用油锯伐树，测量队背着GPS全球定位仪和测量设备漫山遍野地测量，爆破队在陡峭的石坡上钻孔、填炸药、爆破，挖掘机、推土机、平地机、运土的自卸卡车夜以继日地忙碌，沉睡多年的马永贝在轰鸣声中苏醒了。马永贝森林有了新的生机，施工沿线的村镇居民有了大量的就业机会，当地百姓的生活有了新的变化。

马永贝的明天一定会更美好！

每个家庭
都应该给孩子提供最坚固的信心保证，
这是为人父母者的第一责任。

我为祖国代言 /

洪云祥：在多元文化中成长

◎ 张海龙

洪云祥长着一张外国人的脸，他说自己从小就生活在一个有趣的多元文化环境里——"我妈妈是哥伦比亚人，爸爸是中国人。妈妈和我说话用西班牙语，而父母平时沟通用英语，我在珠海和天津读书、学中文，我还会说粤语。你瞧，我从小就在好几种语言里'野蛮生长'。我童年时最好的伙伴，就是个伊朗和日本的混血男孩。我从小到大，一直和很多不同国家的人生活在一起。所以我到麻省理工学院以后，大家的背景非常接近，都是'国际友人'，我和他们很好相处，非常容易就融入了。"

因为喜欢物理，云祥其实很早就确定了自己的目标——麻省理工学院。之所以喜欢物理，是因为在他读小学 4 年级时有个启蒙老师——他是印度人，在中国教英语。这位印度老师大学是学物理专业的，虽然后来没能从事与专业相关的工作，但对物理的兴趣却很浓。周末时，小云祥经常去他家玩，他从身边事物入手，告诉小云祥很多物理方面的知识，让小云祥觉得宇宙实在奥妙无穷，很受启发。以兴趣为起点，小云祥早早就确定：今后一定要学物理，做和物理有关的事，哪怕去高中当个物理老师。

在目标的确立上，同样有过留学经历的父母给了他很大的启发与鼓励。是他们告诉云祥，走自己最喜欢的路，不要去跟别人比较。比如选择初中时，他的成绩已经不错了，也曾考虑过要考重点学校，但父母告诉他："你自己一定清楚：要学物理是因为自己有兴趣，那么不管在哪里，都可以一样去获取知识，都可以一样往前行走。

你必须知道，这是你自己的目标而不是别人的目标，那你就要在自己的兴趣上付出更多精力与时间。"

当问到云祥为什么会选择麻省理工学院时，他这样回答："我一直觉得，麻省理工是特别棒的学校，同时还是个非常公平的学校。麻省理工很重视学生的潜能，特别喜欢'淘金'。比如，有些学校会看重你的出身，也就是要看你以前上过的高中和初中是不是名校，但麻省理工从不这样。你可以从一个特别差的学校出来，也可能成绩并不算最好的，但是你经历的教育、生活背景能证明你是有潜力的，麻省理工最终也会选择你。这叫'英雄不问出处'，这一点对我来说是非常重要的。"

那么，又是什么让麻省理工最终选择了云祥呢？

云祥带着某种"外国人"的率真气质回答："我觉得自己最大的不同，可能也是麻省理工最欣赏我的特点，就是那种与生俱来的多元文化性。我虽然是美国国籍，但是一直都在中国读书，接受了完整的中国基础教育，对中国社会有相当深入的了解。

其实中国的教育还是蛮有意思的，刚好可以成为美国大学教育的一个补充。此外，从多元文化背景来看，我一直生活在中文、西班牙语、英文三种语言交织的语境中，而中国和西班牙语流行的南美国家都是未来最具发展空间的地区，可能麻省理工正是看到了我的这一闪光点吧。"

洪秀平：我要确保儿子的信心

云祥的爸爸洪秀平也曾是美国留学生，他毕业于美国普度大学，回国后在珠海创办平和英语学校。1999 年暑假，洪秀平在波士顿打工，他常常去哈佛校园散步、听课，可是他从未踏入过临近的麻省理工学院，几乎一点印象也没有。一直到 2012 年，儿子申请麻省理工以后，他才发现麻省理工丝毫不逊色于哈佛。据说，每年麻省理工学院在中国招生人数不到 10 人，竞争非常激烈。洪秀平有点为儿子担心，但从未表露出来。2012 年 12 月 19 日一大早，洪秀平发现手机上有儿子的呼叫记录，立刻预感到儿子应该拿到了麻省理工录取通知书。打开电脑查看邮件，云祥真的被麻省理工学院录取了，儿子那天整晚都没有睡觉，实在太激动了。

回想儿子的成长历程，洪秀平总结自己作为父亲最成功的一点就是：确保儿子的信心，让他遇到任何困难都不会灰心丧气。

像美国作家海明威说的那样，一个人可以被打倒，但永远不能被打败。

云祥贪玩好动，尽管聪明伶俐，但不喜欢按部就班的个性，使得实际考试成绩并不好。他几次被罚站在教室外面。有一次当着同学的面被老师敲了脑袋后，小云祥委屈地哭着回家，坚决不想再去学校了。

洪秀平去学校向班主任了解情况，感觉云祥如果再回到原来的环境，一定会产生厌学情绪，便毅然决定让儿子休学，在家休整一段时间，让自己的大姐担任家庭老师，帮云祥补习功课。为了确保儿子学习的信心，洪秀平决定让他重读三年级。他选择了珠海的一所私立小学，因为觉得私立学校采取小班化教学，对学生不会像公立学校那样苛刻。当时，云祥的奶奶也在珠海，听说孙子要留级重读，感觉特别没有面子，每天都说："儿子是留学生，孙子倒成留级生了。"小云祥特别难为情，但洪秀平坚持自己的决定。他告诉儿子，宁当鸡头不当凤尾，做人就要有志气。

似懂非懂的小云祥还算争气，去了私立小学后成绩一直很好。洪秀平坦承，自己当时也不知道是儿子的成绩真的一下子变好了，还是这家私立学校为了招生方便，让学生得高分，落得个皆大欢喜。

云祥小学毕业，需要选择初中，这时考验又来了。一般家长都希望孩子进重点中学，但洪秀平对重点中学并不特别感兴趣。

他觉得重点中学对学生压力太大。他本人高一时勉强进了重点班，可是垫底的感觉实在太差了。他选择离开重点班，进入文科班最终又奇迹般从文科班考入了大学。他总结的经验就是，在文科班自己反而更有信心了，而信心会越发激励自己更好地学习。

不过，进普通中学对云祥来说得过一道坎儿——他原先公立小学的同学们绝大多数进了这所学校。云祥读初一时，他的同学已经在读初二了。这些同学并不知道他留级重读了三年级，现在一切都无法隐瞒了。

云祥的面子上能否过得去？让洪秀平对儿子刮目相看的是，云祥自信心十足地说："没有关系，我可以面对。"这点让洪秀平一直骄傲到了今天，在他看来，这才是儿子真正的成长。

进入普通中学后，曾经的留级生云祥成绩非常突出。在全年级 500 多名学生的考试与比赛中经常名列前茅，还代表学校参加珠海奥数比赛并获得优异成绩。

2008 年夏天，云祥和妹妹云奕随妈妈一起搬到天津，转入妈妈任教的国际学校就读，从一所全中文学校进入全英文授课的学校。不过，洪秀平已经不再像从前那样担心儿子能否适应了，自信心几乎"爆棚"的大男孩已经学会克服种种困难了。在泰达图书馆英语角，云祥坚持做了三年志愿者，一直到去美国读大学为止。

总结儿子的成长，洪秀平心里充满了感恩，有太多人影响和帮助了他。

洪秀平非常重视亲情，每次回到杭州总要带着孩子走访亲戚。云祥的表姐们都很优秀，有的在澳洲拿了双硕士，有的在澳门大学读研究生，还有一个前年进了美国哥伦比亚大学。这些都是身边优秀的榜样。

　　此外，因为读英语学校的关系，云祥身边一直有很多国际朋友，证明了中国传统故事里"孟母三迁"的智慧——在珠海时，多年相邻的美国朋友是哈佛毕业生，启蒙了云祥对科学的探知欲；后来的印度老师学的是物理专业，使云祥对物理产生了的浓厚兴趣；美国朋友 Alan Fryback 在英文阅读和写作上给了云祥很大的帮助。

　　在洪秀平看来，每个家庭都应该给孩子提供最坚固的信心保证，这是为人父母者的第一责任。

双城记：从河内到西贡

◎ 铁木不真

　　河内和西贡（胡志明市）是越南的双城记。两座城市的性格截然不同，河内很安静，沉稳而内敛，符合首都的身份；西贡则活泼，充满了活力，到处都是人，你可以很容易想象《情人》的故事和画面。站在湄公河边上，离愁会油然而生，大江大海宽阔，流向莫名，让人觉得自身渺小。

河内：禁止拍照

　　作为世界上仅有的五个社会主义国家之一越南的首都，河内被法国统治长达半个世纪的痕迹触目可及，从主席府到同春市场的建筑，从屋檐到阳台栅栏的卷草纹。当然，华人文化的痕迹也很重，时不时会出现标着古汉字的亭廊、牌坊、寺院、庙观，还有家家店铺里供奉的财神爷、鼎鼎有名的祭祀中国周公、孔夫子的文庙。

现代越语中的汉语借词，数量可能达到 60% 以上——越南文化与中国的文化连在一起，就连传统节日也与中国大同小异，都有春节、清明节、端午节、中秋节。

河内到处都是摩托车的轰鸣声，日夜不息，可以说越南是摩托车上的国家。

河内公共交通不发达，摩托车成为市民的首选交通工具。600多万人口，有 300 多万辆摩托车。一到上下班时间，各种轿车夹在摩托车的洪流中，小心翼翼。很多骑车的人都戴着口罩，因为尾气太重了，和所有大城市一样，空气污染、城市规划混乱等都市病都暴露在这座城市的最外层。

但是这些并不妨碍它吸引着很多游客来观光。河内市中心有个还剑湖，功能类似于中国很多城市市中心的观景湖，周边的店铺多开辟成咖啡屋、酒吧或者卖各种越南纪念品的商店。

老人在散步，年轻人在谈恋爱，还有大量的游客在喝咖啡、啤酒。偶尔走进一条街，像到了云南的大理或者丽江。

我一直很好奇，人们是如何赋予这座城市生命力的？

我们找了河内大学的一个女孩子做导游，她笑起来很好看，领我们去吃河内最棒的冰激凌，去还剑湖旁边的酒吧里喝酒。她正在努力学习中文，将来想到中国台湾的企业工作。

类似于天安门广场的巴亭广场上，各国游客往来如织。人们对胡志明陵两边的一排大字很感兴趣，那些字翻译过来，就是"越南社会主义国家万岁""胡志明主席永远活在我们的事业中"。

总理办公大楼门前，年轻的门卫懒洋洋地看着过往的行人，即使有人拍照也不阻拦，而是指指门前挂着的"禁止拍照"的示意牌，然后转过头去。

3年前那场席卷全球的金融海啸对越南没有直接的影响，越南最牛的经济学家黎登营说："我们显然还没有参透其中的奥妙。"

我们只是在河内稍做停留，就沿着3000多公里的海岸线南下了。终点，正是柔软的西贡。

西贡：混乱的优雅

很少有城市能像胡志明市这样，把自己分裂得这么完美。一方面在满足着人们有点虚假的温情和浪漫，一方面却又在真金白银上跑步前进，带动一个国家的经济快速向前发展。

在游客的心中，它永远是西贡，带着殖民地时期特有的风情万种；而在投资者的眼里，这是个发财的好地方。

站在胡志明市的最高建筑——33层的西贡商业中心顶楼俯瞰，高楼林立之间，是低矮古旧的殖民地时期的房子；不远处，蜿蜒的九龙江在市内拐了几个大弯，流向太平洋，顺着这条水路人们可以走向新加坡、马来西亚、中国香港，甚至更远。

这有点悲情，怀旧的人坐在发黄的古墙下喝着咖啡，慨叹时光不再；这也有点欢情，激动的年轻人在这片躁动的土地上四处游走，寻找下一个能呼啸突围的路口。

年纪大一点的人是讲法语的，那些咿咿呀呀的口音，常常回荡在某个青翠的阳台上，在晾晒出来的各种衣服之间缠绕。

这是 1859 年法国殖民者入侵留下来的"遗产"。它如此深刻地影响了这座城市的面貌和它的子民的精神状态。如果不给你"胡志明"这个标签，你可能会把这里当成法国。不错，市内的很多建筑都延续法兰西的精致和浪漫，比如胡志明市大剧院、圣母大教堂、市中心邮政局、市政大楼。它们外观装饰精美，外墙常有各式各样的浮雕和花纹，需要你抬头仔细观望，才能把那些历史的是非打理清楚。

这些"遗产"也散落在人们的日常生活中。比如，街头随处可见法式棍状面包，这种里外皆硬的舶来食品，早已成为越南人的主食，或许，还要再加上一杯咖啡。

但是如果你再深入一些，就会发现这些"遗产"所产生的边际效应正在递减。尤其是年青一代，他们早已经开始追逐更实在更刺激的东西。

"我喜欢香港和深圳，购物太便宜了。"钟志光说。他做了13 年导游，经常带团出国，但很少说自己是越南人，"很多人都觉得越南人穷，瞧不起"。他会说自己是新加坡人或者马来西亚人，也会甩给香港酒店里的服务生几百元的小费，"我有钱，喜欢这些。"

新人和旧人在这座城市的界限是明显的，就如同它的老区和新区是截然分开的一样。

钟志光回忆，从这个世纪初期开始，越来越多的胡志明市的年轻人开始出入第七郡等高楼大厦集中的地方，那里正上演着"越南奇迹"。外国直接投资项目的办公室大多设在那里，"要讲英文或中文，穿西装打领带，刷卡"。

曾有外国投资商头疼越南人的惰性，他们平时讨论得最多的是去哪里喝咖啡，甚至为此可以拒绝高额的加班费。也有人讨论用多少两黄金买了一栋房子，越南人买房子是没有"平方米"这个概念的。

他们用自己的方式创造着这座城市新的价值观，并且身体力行。

2007年，越南某投资商曾打算修建一座68层的摩天大楼，计划刚一曝光，就引发热议。胡志明市政府表示，他们希望能够保留法国建筑师留下的优雅特质。目前，该市已经有108座历史建筑被列入保护名单。

坐公交车，还是禁摩？

所有人都在为越南的摩托车头疼。平安夜，我和3个同事上街，被巨大的摩托车洪流冲得七零八落。圣母教堂广场前，一个越南学生领着我，从一辆辆堵在那里的摩托车上面跨过去。"Only go！"他这样说。

后来我走在街上，试了几次，果然不错。即使车子开得再快，只要你做出过马路的姿势，他们的速度都会慢下来。

胡志明市经济发展研究院副院长阮文光介绍说，这几年，胡志明市投资 8 亿美元来发展公共交通，最近，又规划了一些新的公交车路线及 6 条地铁线。

但是市民仍然不打算乘坐公交车。在经过范五老街的公交车上，车厢里空荡荡的。

"每个人都有摩托车，游客根本不知道公交车怎么坐。"宾馆的服务员说，他觉得摩托车更方便。

这一点，也被决策者所采纳。

提到禁摩的问题，阮文光说，目前还不能禁，因为"它不但是越南人习惯的交通工具，还是他们的谋生手段。"

可以料想，外国游客在胡志明市洪水般的摩托车阵面前手足无措的样子，依然将是越南的一景。

30 年来大起大落

胡志明市是经历了大起大落的。

1975 年之前，这里曾经有"东方小巴黎"之称，商业文明发达得一塌糊涂，据说经济水平已经赶上了泰国清迈。1975 年越南统一后，胡志明市的政治地位虽然直线上升，但经济上奉行的国有化却导致人们的生活水平迅速下降，每家每户只允许持有 200 越南盾现金，其他的要存入银行。人们的吃喝拉撒，被统一安排。

很多有钱人携款跑了，有些人甚至把房子都丢下不管。胡志明市党委机关报《西贡解放日报》的大楼，就是一位逃跑的富商留下来的。

但事情没有这些资本家想象的那么糟糕。

1986 年，越南开始革新开放，胡志明市作为越南经济发展的火车头及商业文明窗口的定位，再一次被确定。政府开始在投资优惠方面大开方便之门，"一心一意谋发展"。阮文光说，他们正在学习中国的经验，集中优势，改善胡志明市的投资环境。

2008 年上半年，尽管世界金融危机爆发，胡志明市的外国直接投资金额却同比增加了 10 倍，创下了近 20 年来的新高。

阮文光说，现在的胡志明市享受着一项特殊政策：在投资方面，可以有自己的预算，比如计划 100 亿，可以百分之百地预算，不够的话，可以发债券，这是其他省市不能享有的。

这个夏天，

东亮计划去上海的 *JP* 摩根大通公司实习，

为自己想学的金融早日积累实践经验。

现在，他已经很会规划自己的时间与未来了。

我为祖国代言 /

周东亮：我的未来需要规划

◎ 张海龙

麻省理工学院（英文简称：MIT）位于美国马萨诸塞州剑桥市，校训是"手脑并用，创新世界"，素有"世界理工大学之最"的美誉。

2013年5月22日，正在麻省理工学院读大一的周东亮放暑假回到杭州。

十字路口赴美读高中

与很多本科毕业再去美国读研究生的中国孩子不同，周东亮应该是第一位成功申请去麻省理工读本科的杭州籍学生，这个难度系数相当高。不过，从路径上来看，他又是去美国读高中后申请麻省理工的，若是在国内高中毕业直接申请还要更难。

不管怎样，东亮的成功首先来自他一以贯之的优秀：从小他就是一个颇有理科天赋的孩子。在杭州读小学时，他拿过华罗庚数学竞赛一等奖，后又拿下初中数学竞赛大奖，并被直接保送进在全国也排得进前十名的重点中学杭州二中。在杭州二中，他又成为浙江第一批参加美国中学数学联赛 AMC 的选手之一，且战绩不俗。

如果不选择出国，东亮在国内考取名牌大学，问题应该也不大。转变的契机出现在高二。高一时，东亮用一年时间学完了三年的高中物理课程，一门心思备战全国物理竞赛。可高二一开学成绩揭晓时，他只拿下了全国物理竞赛二等奖。按现行北大、清华的保送政策，只有获得一等奖的选手，才有保送资格。是来年再战，还是另寻名校？

几乎和奔驰车广告的选择标准一样: The Best, or Nothing（要么最好，要么不要）。他和父母商量后，很快决定去美国读高中，直接冲刺世界名校。

他选择的学校是位于美国纽约州的一所私立高中。"选择这所学校有两个原因，它距离纽约很近，又是一个相对独立的小镇，可以提供安静的学习环境。另外，这所学校的传统体育强项是击剑。我在国内从小就学习击剑，还创建了杭州二中第一个击剑俱乐部。在那里，我可以继续自己的兴趣爱好，也可以发挥自己的长项。"

就这样，东亮在高二时转去美国就读 11 年级，相当于多读一年高中。通过两年的努力，他凭借自己优异的学习成绩和老师的推荐信，被麻省理工学院、加州大学洛杉矶分校、密歇根大学安娜堡分校、杜克大学、威斯康星麦迪逊大学多所知名美国大学录取。

在国内知名高中学习过，又去了美国顶尖的私立高中，回忆起这段丰富的高中生活，东亮认为："能够顺利进入麻省理工，当然和在国内打下的扎实的理科基础分不开，但早早到美国读高中，也的确帮助很大。美国大学很看重东西方跨文化的教育经历。

他们会认为，未来更需要这样能自由在不同文化中穿行的人才。"

刚到美国读高中时，因为东亮是转学新生，老师曾建议他不要选择太难的数理化课程，怕他吃不消。可学习一周之后，校方就找到他，提出他可以免修数学，并鼓励他每周两次坐一小时地铁，去纽约曼哈顿中心的哥伦比亚大学直接选修高等数学。

很多家长和学生以为在国内读书管得严，到了国外读高中就轻松了。其实，无论在哪里读书都要比拼实力。美国学校的竞赛氛围丝毫不逊于中国。在展现理科天赋之后，东亮就得到机会参加美国的物理和数学竞赛，并再次取得不俗的战绩。

当然，如果仅仅学习好，麻省理工还不一定会垂青于他。美国大学非常看重一个学生学习之外的兴趣爱好及他对社会所做的贡献。比如，即便是到快申请大学的时候，东亮所在的学校，每天下午也一定会有两小时的课外活动，学生们必须选择参加体育运动、社会服务、合唱队等项目。东亮也积极去适应这些国内高中没有的内容，这也是他能圆梦麻省理工的一个关键。

进入麻省理工以后，东亮仍然坚持每天两个小时的击剑训练，让身体与学习共同提高效率，而不是死读书。在美国的大学里，每个人都凭着"热情的驱动力"去主动学习，也会凭着同样的热情去参加各类体育运动和社会实践。目前，他所选的四门功课成绩都是 A。

这个夏天，东亮计划去上海的 JP 摩根大通公司实习，为自己想学的金融早日积累实践经验。现在，他已经很会规划自己的时间与未来了。

周骏健：儿子的未来需要规划

周东亮的爸爸周骏健笑称儿子是自己"开发"出来的最具价值的未来人才。

20 世纪 80 年代初，周骏健就开始做外贸。

因为经常出国，他的视野很开阔，也知道孩子的教育一定要尽早规划。在他看来，一个家庭中，母亲的作用是"心灵"，而父亲的功能是"眼睛"。也就是说，母亲主要影响的是孩子的天性，让孩子内心获得最完美的成长，而父亲则要激发孩子的热情，推动孩子将目光投向更广阔的外在世界。

周骏健对儿子的"规划"，首先体现在兴趣的引导方面——男孩子一要品质好，二要身体好。学习这件事不用太发愁，东亮比较有天分，从未在学业上碰到过太大问题。爸爸没让儿子去上太多的课外辅导班，但鼓励儿子好奇探知的天性。东亮对数学、物理这些课程充满了浓厚兴趣，于是爸爸就鼓励儿子去参加很多相应的竞赛，让儿子从竞赛中找到信心与动力。

周骏健对儿子的"规划"，还表现在一种国内相对稀罕的"玩法"上——击剑。周东亮个子不高但非常灵活，爆发力也很强，所以当他在初中接触击剑后，几乎一下子就喜欢上了这项运动。击剑一是运动量足够大但要拼巧劲；二是讲究精准搏击和心手合一；三是非常优雅。当时练习击剑，爸爸对儿子的要求是坚持和进步，要玩就玩下去。于是，周东亮从初中练到高中，在读高中时就创办了校内第一个击剑俱乐部。后来去美国读书时，这个特长、这种坚持、这种组建俱乐部的"影响力"也成为他申请大学的一大亮点。

周骏健对儿子的第三种"规划"，就是尽量让身边人的故事去影响儿子。

东亮很崇拜表姐夫——他高中时去新加坡留学，然后到美国加州伯克利读大学，经历了数个跨国大公司后，现在在瑞士信贷工作。

东亮对金融感兴趣，就是觉得表姐夫很神奇，很羡慕他那种"世界公民"式的生活。这种影响与传承，就是所谓榜样的力量吧。

此外，因为从小学起就在爸爸的鼓励下参加各种竞赛，东亮在杭州二中上高中时就顺理成章地遇到了一位很重要的老师。

"钟小平老师是专门教物理竞赛课程的，他有个非常了不起的梦想，就是要带出一个获得国际金牌的学生来。东亮被他挑中了，为培养东亮，他投入了很大精力。东亮去美国以后，依然在这方面收获了很多荣誉，这都与当年钟老师的努力密不可分。"

杭州二中校长叶翠微的教学理念也与周骏健的想法不谋而合。一般国内中学都不舍得放掉好生源，但叶翠微从不阻挡有潜质的好学生出国留学。在叶翠微看来，优秀学生走向世界是迟早的事情，但有几个与"规划"有关的前提条件很关键——学生有没有准备好？比如个人的语言基础、独立生活能力、个人兴趣爱好等，当然家庭经济实力也很要紧。

"如果准备都相当充分，那么迟出去还不如早去"——这是叶翠微的观点。

所以，多年以后麻省理工终于选择了东亮，父子二人因"规划"而终有所获。

东亮说，其实一开始目标没敢定这么高，是校内的升学指导老师建议他选择麻省理工这样的顶尖名校——这是准确评估；在美国读高中期间，东亮仍然一直坚持参加数学、物理方面的学科竞赛，并且取得了非常好的成绩——这是自身实力；东亮还是学校击剑队的主要成员，每天坚持练剑，在社团活动、体育运动方面也都全面发展——这是意志体现；再就是东亮既接受过中国的中学教育，也经历过美国的高中熏陶，身上天然带有一种跨文化的融入能力——这是多元文化。可能，这就是麻省理工愿意给他机会去实现梦想的最主要的原因。

从见家长到价值观输出

◎ MackAFish

　　刚和小范同学谈恋爱的时候，我小心翼翼地试探过我爸妈，我妈听说小范祖籍"荷兰"之后，沉吟片刻，说："只要你喜欢、对你好就行。我们可没有地域歧视。"

　　我发誓，我从来没犯过"n""l"不分的毛病，我妈这辈子也就耳背了这么一次。后来看了照片，我妈发现她做了很久心理准备在脑海里塑造的河南人，实际是个荷兰大胡子，一时难以接受。小范摸着心口说："谢天谢地，你娘亲在地球另一端，不然我觉得她会举着菜刀杀过来。"

　　我摸着拔凉的心口，问他："你和你在同一个半球的爸妈提过我吗？"

　　小范很诧异地说："你觉得你社交网站上忽然多出来的那些姓范的、姓布的粉丝都是哪儿来的？我爸妈已经领着一大家子人参观过你好几次了。"

　　就这样，见家长一事提上了日程。我们本来计划感恩节去小范家见家长，谁知道有次我和小范回母校看球，从体育场出来时，小范收到了一条短信，看过短信后他脸色陡变。他把手机送到我面前，让我自己看。

　　"亲爱的儿，既然你们踏进了我们老范家地盘的方圆百里之内，就有一个非零的机率——你的爸爸妈妈会半路拦截你和你的女朋友。问问你女朋友，她喜欢吃啥？"

　　我顿时没了豪气冲天的气势，小心翼翼地说："不见行不行？我还没减肥……"

　　小范拍拍我说："迟早都有这么一天的，伸头一刀，缩头也是一刀。而且你什么时候听说儿媳妇怕公婆的，都是女婿被老丈人折磨致死好吗？"我同情地拍拍他，感慨文化差异，他肯定没听说过"孔雀东南飞"的故事。不过转念一想，还好是中国老丈人和美国婆婆，要是我和小范换个性别，中国婆婆和美国老丈人可不就是"地狱模式"了嘛。

　　第二天，小范刚把车停在约定的停车场，旁边一辆车上就下来了一对笑容满面的老头儿老太太，小范对我说："不怕不怕，挺住！"

　　一下车我就傻了，居然忘记问小范该怎么称呼他爸妈了，叫"伯父""伯母"人家肯定不明所以，我红着脸憋出了一句"范先生、范太太"。

小范他妈给了我一个拥抱，笑眯眯地说："我老公很习惯别人称呼他范先生啦，可是'范太太'这个称呼呢，虽然我结婚30多年了，还一直觉得'范太太'指的是我婆婆，也就是小范的奶奶。你就直接叫我的名字吧。"

进了餐馆，饮料上来，小范简单介绍了我的背景之后，范爸小心翼翼地看了看小范，又看了看范妈，跃跃欲试地说："我看了你 X 年 X 月发表的一篇文章，我觉得文章的结论很有意思，和我一直以来的观察和推断是完全吻合的……"谈起学术，我顿时放松了，恰好那篇论文我在某个讲座上介绍过，演练了无数次的讲座在若干年之后重新派上了用场……

范爸一边听，一边提问。

范妈在旁边忽然扑哧一声就笑了："你和小范认识之后，我发现我儿子在社交网站上转发的关于经济理论的信息越来越多，那时候我还以为小范的学术兴趣转移方向了，原来他是在'钓鱼'啊！"

学化学的小范很认真地纠正说："妈妈你不能这么说，她认识我之后也经常问我怎么配消毒液洗厕所、给银耳环去氧化层，我们是互相'钓鱼'，互相的……最神奇的是，她没学过化学也能做出甜得和蜂蜜一样的米酒！就是酒精度数低了一点儿。"

于是谈话的重点又从学术转移到了吃上，从酿酒的化学反应到小范爸自酿啤酒的心得，到东北酸菜和德国酸菜的比较……

临别的时候，范爸范妈往小范的车里装了无数吃食：半麻袋自家树上结的苹果，两大盒自家熬的蓝莓果酱，一袋菜园子里刚摘的菠菜，一大捧西红柿，还用枕头套装了两大包自己烤的燕麦卷……

我又恢复了刚见面时手足无措的样子，细声细气地说："谢谢你们，范先生、范太太。"范妈给了我一个拥抱，说："现在呢，你还是可以叫我玛利亚，不过我相信有一天呢，你也会叫我一声'妈'。"

自从那次见面之后，范爸范妈就怀着无比的热情开始了对于中国美食的探索。范妈创下了一人吃掉一大碗炒好的红豆沙的纪录，范爸在尝试自己酿米酒之后又陆续腌了大蒜头和咸鸭蛋，还总结出一系列经验，诸如粉蒸肉的米粉单吃也很香；粉蒸肉下面垫南瓜，南瓜会有肉香；糖醋大蒜久含口中回味无穷，但会有口气；熏肉时在熏料里加茶叶，熏出来的肉有茶香；做糖醋小排时饭量加倍（糖醋汁拌饭味道奇佳）……

最近我开始找工作，压力很大，范爸给我刻了个小玩意儿放手心把玩。还问我，如果刻个小手，上面刻一个"妙"字，再加上"仁心"，我那做医生的父母会不会喜欢。小范在旁边默默地打了个寒战，点开选课的网页，盯着"汉语入门"开始琢磨。

范妈在旁边感慨："见父母和面试其实是一样的，你心里知道这个位置非你莫属，因为大 boss 都深深地爱着你了，可是因为太在乎，没办法不紧张……我第一次见你爷爷、奶奶，也是恶补了一番荷兰话，这个开口第一句话绝对重要。儿啊，你可别像你妈我那样，一紧张，对你爷爷、奶奶说的第一句荷兰话是'范先生、范太太，我不会说英文'，之后被你爸嘲笑了一辈子。"

竹门无语，
却散发着一股股山野的清香，
让人感到内心柔柔的，时光软软的。

街巷里的柔软时光

◎ 连晶华

　　初到越南，的确有着一番艳丽的异域风情，充满情调的法国小洋楼到处可见，蓝天白云，绿树红瓦，彼此相映，炫人眼目。

　　可是，走在嘈杂的街市中，看到的和听到的却是摩托车与流行的脚踏三轮车混乱穿行，大树在街道上投下斑驳的叶影，车辆刺耳的呼啸声割裂着店铺播放的越南情歌，小商小贩们慵懒地招呼着生意，各种肤色的人坐在强烈阳光下的茶楼上，喝着又苦又浓的越南咖啡。

　　河内街上有一种面包，是用蜂蜜泡好后炸过才能吃的，外焦里嫩，又香又甜，特别好吃，我几乎天天早上买这种面包吃。那天，在面包店旁边，有一位男士正给一个浓眉大眼的小孩理发。看小男孩长得实在是太可爱了，我不由得摸了下孩子的头，夸他说："哇！这小伙子长得太帅了，将来没准儿能成万人迷呢！"谁知，那位男士脸色一沉，显得非常不高兴。后来才知道，越南人有些禁忌，譬如不可随便摸小孩的头，不能夸婴儿漂亮，席地而坐时不能用脚对着他人等。

在越南的街上漫步时，让人感受到一种截然不同的文化氛围，那里的街、那里的楼、那里的人，还有家家户户门边晾晒的咸鱼干，不禁让你忘却是身处都市。虽然天气很热，可是，骑摩托车的女士都是戴着斗笠或者帽子，脸上蒙上一块手帕或者戴上口罩，身着长袖衣裙，将自己包裹得严严实实。原来，越南人以女子的肤色白皙为美，为了使自己有洁白如玉的皮肤，哪怕天气再热，她们都是这样打扮。男子则喜欢戴绿帽子。据说，这种硬壳帽的造型最早来自于法国的礼帽，越南军人把它改成绿色，除了它的遮阳功能外，多少也是出于对越南军人的敬意。

"裳者，如衣之长扬也，垂于边际。"这是古书中对越南国服的形象描述。街头的越南女子身穿的"奥黛"，小竖圆领，通常以丝绸一类轻盈柔软的布料剪裁，款式类似国内的旗袍。上身很服帖，两侧腰收紧，自腰以下开高衩，特意露出一段洁白的侧腰，强调越南女子的婀娜曲线，引人注目；下身配一条白色或是同花色的裤子，裤脚足有喇叭裤的两倍宽，走起路来俏丽轻盈，娴静中透着不羁。有配高跟鞋穿的，更显知性和优雅，让人艳羡不已。看得眼热，我即兴找到一家裁缝铺，想要做一件我喜欢的纯天蓝色的"奥黛"穿上。可裁缝告诉我，在这里，纯色都是做给服务业从业的人员穿的，因为一般不允许她们穿花的。

许多时候，我会好奇地钻入稍静些的背街陋巷，去感受越南人的日常生活。其实，那些背街小巷并不太可爱，但是在简陋和斑驳中却透出一种真实的痕迹。

许多小巷里都有五花八门的小卖部，有些小卖部的外面还竖着一面书架似的木架，上边摆放着花花绿绿的杂志。杂志架的旁边，往往摆放着许多饮料，供驻足买杂志的人和路人购买饮用。小巷内的墙面上，到处都喷涂着小广告、电话号码，看得人眼晕。

街头的树下，有三三两两的老人在气定神闲地下象棋。眼前的景象恍若越南和中国只是名字之分，而无生活之隔。摩托车发出呼呼声，疾驰而过。一匹小马拉着偌大的马车和车上坐着的主人跑得飞快。这一切都好像和下棋的老人们毫无关系。时光，在棋盘上萦绕。

带着饿得咕咕叫的肚子，我找到了一家较好的餐馆，在那里吃了点越式春卷、肠粉及蔗虾。出了餐馆的门，心情大好。餐馆不远处有一条小河，有两位女子在河边的台阶上洗衣服，让我想起了祖国的江南水乡，小桥流水人家。漫步中，又走到一个陌生的小巷，竟看到了几家竹子编的大门，非常古朴、雅致。竹门无语，却散发着一股股山野的清香，让人感到内心柔柔的，时光软软的。在这城里的小巷，别有一番滋味在心头。

表面上看起来中规中矩的英国人
并不乏热情，
家庭生活和国内一样温馨。

我在英国有张床

◎ 罗　追

无论怎样描述留学生的海外生活，其实质都不过是"找张床"而已。

一般情况下，小留学生出国有三种住宿形式，分别是 Homestay（寄宿家庭）、Boarding（住校）和 Renting（自己租房或与人合租），合在一起简称 HBR。就个人来讲，第三种最理想，相对而言自由度更大。可是，由于年龄所限，留学生一般要到大学阶段才能租房。时下，出国留学生的年龄越来越小。

俗话说"儿行千里母担忧"，这些缺少独立生活经验的小留学生在国外的生活就成了父母最关注的问题。

学生们初到一个国家，最需要的就是跨文化融入。寄宿家庭很多都是本土人士或者移民家庭，衣食住行、待人接物都会潜移默化地影响孩子们。而且学生下课回家后通过与寄宿家庭主人的交流沟通，语言能力提高会相对较快。很多寄宿家庭也会带学生到周围甚至出国参观游玩，让学生有机会更多地接触当地风土人情乃至西方文化，从而更好地融入海外的留学生活。

来自杭州的 Kael、Jason 和 Angela 三个孩子，都是英国伦敦 St.Dunstan's College 的中国小留学生。这所学校属于走读学校，所以他们需要住在寄宿家庭里。对于他们来说，寄宿家庭生活是在英国留学很重要的一部分，与家庭主人的沟通和相处非常重要。

男孩 Kael 原来的寄宿家庭房东是一位退休老太太，年轻的时候在 BBC 工作过。问题是，从前的"铁娘子"退了休就变得有些婆婆妈妈，她选择做寄宿家庭主要是为了排遣寂寞。从 Kael 住进去那天起，老太太每天会在固定时间来敲他的房门，问东问西，事无巨细。起初，Kael 还耐心回答，时间一久，回答也越来越简单，而老太太的话却未减少。Kael 简单的回答逐渐引起老太太不满，她向老师抱怨，Kael 这是在使用"冷暴力"。

独居的老太太还很希望 Kael 能够"真正参与"到她的家庭生活里，具体说来就是她总想要带着 Kael 走亲戚，每次都以一句"某某某很想见到你呢"作为理由，没有一点商量余地。Kael 觉得这种被"四处展览"的方式无法接受，也不想改变自己的生活习惯。比如，"平时不能喝碳酸饮料"，老太太会告诉 Kael 这是她对孙子们的要求。老太太的"过度"关心体贴在希望独立的 Kael 看来却是灾难性的，后来他就换了一个寄宿家庭。

现在，Kael 和新寄宿家庭的成员相处非常融洽。这户人家有四口人，爸爸妈妈带着两个五六岁的孩子，人都非常好。Kael 独自住在三楼，非常自在，房间很大很舒服，窗户正对着花园，景色非常好。新家的主人没事不来烦他，却对他另有一番特别照顾——在 Kael 生日前一天送他一张生日卡片，生日当天又给他买了蛋糕，办了生日 party，给了他一个巨大的惊喜。

男孩 Jason 不太爱说话，平时总喜欢待在自己房间里。不过寄宿家庭的主人非常在意并理解他，不但没有给他设定任何家规，还告诉他："如果你寂寞了，随时可以叫同学来家里玩，我愿意开车去接你的同学来我家。"

Jason 的房间很大，除了他睡的那张床之外，房间里还多加了一张床。主人告诉他："如果你想叫同学来留宿也是可以的，我们非常欢迎。"

Jason 的寄宿家庭主人和另一家寄宿家庭主人是很好的朋友，他怕 Jason 觉得孤独，还会经常带他去那个寄宿家庭做客，两家人在一起玩。有一次，Jason 在体育课上不小心崴了脚，走路有点儿瘸，寄宿家庭主人很着急，还特意带他去看了医生。

女孩 Angela 的寄宿家庭里有两个可爱的孩子和她做伴，她经常和他们在家开 party，一起玩得很 high。有一个周末，寄宿家庭还带着 Angela 去野外爬山、露营，让她体验英国人亲近大自然的方式。

要知道，在英国，野外露营是一件很寻常也很酷的事儿。

"那天，我们全家出动。蹚小河、捡木头、做烧烤，尽管中途还下起了雨，不过感觉依然很棒，我俨然已经正式成为这个英国家庭的一分子了。"Angela 兴奋地说。

说来说去，"我在英国有张床"的留学生活到底怎样？英国家庭和中国家庭有何不同？三个小留学生的回答都挺一致："表面上看起来中规中矩的英国人并不乏热情，家庭生活都和国内一样温馨，唯一不同的是，英国的爸爸妈妈不会溺爱孩子，都很注重培养孩子的独立自主精神，一有空就会带孩子去大自然中活动，去认识身边的花草鱼虫，激发孩子对自然的热爱与认识，也锻炼出强健的体魄和坚定的意志！"

英国家庭的 "不平等条约"

◎ 罗　追

"每晚 10 点前必须回家。不允许在外过夜，不允许带朋友到家里。出门要告知去哪里、和谁一起，不准跟女生单独出去。

"卧室里不能有食物，不能破坏墙壁，每两周要吸尘一次。出门要关灯。每天早上要叠被子。房间里的垃圾桶必须及时清理，而且只能往里丢废纸之类的垃圾。

"晚上不能洗澡，只能早上洗，每次不能超过 10 分钟。洗完澡要开窗通风，清理落在浴缸里的头发。

"衣服要自己洗自己晒，一周允许使用一次洗衣机，深色衣服和浅色衣服要分开。"

……

以上内容是浙江男孩小庞初到英国留学时得到的一份"家规"，事无巨细密密麻麻地写了满满一页纸。除了"不许"，就是"必须"，压根儿没考虑过小庞同学会有什么感受，从效果上看更像是历史上的那种"不平等条约"，这让小庞同学有种"受欺负"之后的屈辱感，也让他当时就有些愤怒了。

"从小我爸妈都没给我立过什么家规，这英国人哪儿来那么多规矩？我当真要抓狂了。我当时就考虑过马上更换寄宿家庭，不跟挑剔的人在一起生活。可是，这户人家离学校太近了，上学放学每天可以节约很多时间。权衡利弊，我决定先忍忍吧。没想到，这一忍就是一年多。"

2012 年 9 月，刚在国内读完高一的小庞同学决定去英国留学。几经努力，他去了伦敦贵族学校圣登仕庭学院就读。落地英伦之后，还没来得及深度体验异国风情，他就被寄宿家庭兜头盖脸泼了一盆冷水——刚进"家门"，直接就被这份"家规"迎头痛击，差点哭出声来。

避开房东，小庞悄悄给万里之外的妈妈打了个电话，近乎"哭诉"地和妈妈讲了这份"家规"的详细内容及自己的不爽。庞妈妈倒是理性，在电话里反复劝儿子："不要怕，提前讲明白也是好事情。洗澡嘛，男孩子肯定用不了 10 分钟。出国以后凡事都要独立完成了，只要用心做都不难。我相信你肯定会处理好……"

庞妈妈说："那时候光想着劝儿子了，后来也觉得有几条内容稍微过分了些，怕儿子承受不了，也担心儿子在别人家里不受待见，还忧虑这些事儿最终会影响到孩子的留学热情及学业。给儿子鼓励的同时，我心里却是一点底儿都没有。"

其实，小庞同学的"权衡利弊"就已经是一种成熟的表现了。他觉得自己可以忍，也应该能忍过去，可是接下来的事情还是让小庞觉得难以接受。所谓"忍字头上一把刀"，忍真的意味着要对自己"动刀"，要打落牙齿往肚里咽。

第一件事是洗澡。"在国内时从来都是晚上洗的，洗洗睡觉很舒服。现在不行了，要你一下改到早上去洗澡真是蛮难的。早上就那点儿时间，不仅要把自己洗干净了，还得把卫生间弄利索了，这不故意让人从清早就慌慌张张的吗？"说起生活习惯的改变，那时小庞满肚子都是怨言。

第二件事是洗碗。"从小我就没干过家务活儿，凡事都是妈妈或者阿姨一手包办的，现在必须一切从头学起。要知道，自己的碗自己洗也是家规之一啊。说到洗碗，还有件郁闷的事。有一次吃饭，房东一家还没吃完，我先吃完了，就光洗了自己的碗准备回房间。这下可好，房东先生认定我是在偷懒，就规定我今后如果和他们一起吃饭，餐后就必须清洗全家的碗。我当时心里那个气愤啊，凭什么我要洗你们的碗啊？后来看到他们桌上有一堆碗碟的时候，我连一杯牛奶都不想喝了——喝了牛奶要洗杯子，就要'顺便'洗他们的碗，那种感觉实在太惨了。"

第三件事是换衣服。"原来不是说一周洗深色衣服一周洗浅色衣服吗？因此衣服不能换得太勤。有一天我上体育课，衬衫穿了一天就换了，结果也被房东教育了一顿。我心说，你们不是很绅士吗？及时换件衬衫都做不到，还说什么呢？"

第四件事是"家规"不断更新。"除了最早的那份书面'家规'外，后来还有一堆口头'家规'，涉及方方面面的内容。例如，玄关只允许我放 2 双鞋，但我有 8 双鞋啊，只好把其余 6 双全挤放在我卧室的床底下，穿的时候再取出来，实在是没地方放啊！"

庞妈妈时刻关注着儿子在英国的"新生活"，虽然口头上一再鼓励儿子坚持下去，其实心里早做好了准备——"只要他提出更换寄宿家庭，我马上就去找境外托管机构，我其实都有些忍不下去了，只是想看看儿子到底能不能扛过去。"

时间过得很快，3 个月过去，转眼到了圣诞假期，小庞长途飞行 13 个小时，逃也似的回到了杭州自己"真正的家"。

这次回来，庞妈妈发现儿子变化很大，完全像换了个人一样，大小事都会自己干了，而且爱整洁、有礼貌，人见人夸。

在去英国前，儿子的房间都是请家政帮忙清洁的。现在早上一起来，儿子就先自己收拾房间，到处干干净净，床铺整整齐齐，然后一天里各种事情都会安排得井井有条。

他还养成了很多"绅士"的行为习惯，比如说进电梯，他一定先往后退，让别人都先进去；到了一个地方，他会让大家先坐下来，他就在边上照顾大家，而且做这些事情他已经很自然了。

原来走之前的行李都是爸爸妈妈给他整理的，这次圣诞假期之后，他自己很快轻松搞定。

儿子的变化让庞妈妈看在眼里喜在心上。她想，可能正是英国寄宿家庭严格的"家规"迫使儿子迅速成长，培养了儿子的独立精神和动手能力，以及责任意识和绅士行为。

从刚去英国时的手足无措到现在的从容应对，小庞同学今天再回头看那份"不平等条约"，也不否认规矩的好处："守规矩就是一种契约精神。我慢慢学会理解他人了，还学会了认真倾听和尊重别人。原来的我有些以自我为中心，处事急躁，现在会多为别人考虑，多站在对方立场上去处理问题。而且，立规矩的好处还在于坦率直白，时间长了反而觉得这样更容易相处。"

圣诞假期过后，小庞回到英国的第一个早晨，房东一家集体外出游玩，家里连份早餐也没有。搁到最初，小庞同学肯定又是倍感"凄凉"，自己饿得眼冒金星，傻乎乎地等房东回来做饭。现在的他已经学会烧菜做饭了，一个人待上半年也饿不死。

能有这样的底气，小庞说，多亏了英国房东的"不平等条约"。现在才知道，没有人有义务天天照顾你，甚至包括你的父母也是如此。你一定得学会料理自己的生活，这是长大成人的第一步。

"什么叫不平等？后来我才理解了，那是因为你不具备对等的能力，所以才会有不平等的感觉。世上所有的平等，都来自自己的实力。"

渐渐地，

陆尧意识到这也是工作非常重要的一部分

——消除学生对中国的偏见和误解。

我为祖国代言 /

汉语志愿者

◎ 鲸书

在北大攻读对外汉语硕士学位的陆尧偶然间看到一则消息：汉办（国家汉语国际推广领导小组办公室）在招聘汉语志愿者，为欧洲大学生教授汉语，传播中华文化。

陆尧觉得这是一次非常好的机会。笔试、面试、英语口语考察、抗压能力和综合素质评估……经历重重考验后，陆尧杀出重围，成为欧洲最古老的大学之一——荷兰莱顿大学汉学系的一名汉语教师。

在出国之前，考验就开始了。

陆尧被汉办任命为哈佛大学北京暑期游学班的汉语老师，教这群来自哈佛的精英学汉语。学生们永远分不清 d/t，怎么都学不会 z/zh/s/sh，每次跟着她读二声，学生们都哄堂大笑，一脸无辜地问："老师，为什么好像在唱歌啊？"

除了讲课，陆尧还得负责学生的日常生活，带队去河南少林寺游学。

带着海外学子来到家乡河南，陆尧内心充满自豪感，她信心满满地带队到了嵩山。蚊子多得如黑烟、全素的饭食、小虫爬到被子里的住宿环境，让从未在中国农村待过的哈佛学生叫苦不迭。陆尧努力安抚每个人的情绪，并利用语境为学生解释"禅"和"修行"在中文里的深意。

渐渐地，学生们觉得河南的大白馒头好香，赞叹"原来中国农村也有很漂亮的房子"，也渐渐习惯了有任何关于中文表达的疑问都来问"Miss Lu"。这段经历给马上要去荷兰的陆尧吃了一颗定心丸。

古老典雅的教堂、澄净的蓝天、物美价廉的海产、色彩艳丽的建筑……初到荷兰的新奇感还未散去，她已迅速开始了工作。一周 16 个课时，学生横跨大一到大三，全英文授课，这对于母语是中文的老师和母语是荷兰语的学生都是极大的挑战。陆尧白天上课，晚上备课，熬夜到凌晨一两点是家常便饭。不过，她也学会了上 Facebook 与 MSN，注册了 Skype 和 Gmail，以便更好地和同事、学生交流。

陆尧用开放式的方法教学，她设计了"我们来包饺子""春节到了"等情境，鼓励学生练习口语。

为了避免文化差异带来的冲突，陆尧在网上查了很多跟欧洲学生打交道的注意事项和"雷区"，也向系里的教授们"取经"。但还是有闹得不愉快的时候——一名学生无法接受陆尧对他作业的批改，写了一封长长的邮件和她争论。陆尧被学生严厉的措辞惊到了："这小孩儿怎么一点儿批评都听不得，中国学生哪儿有敢这样跟老师讲话的？"

尽管觉得委屈，陆尧还是耐着性子给学生解释，分析诸如为什么"她知识分子家庭"要改成"她出身于知识分子家庭"之类的语法问题。最后，学生心服口服。事后反思，陆尧告诫自己，要用更加温和、委婉的方式与学生打交道，不动声色地化解尴尬。

经过一段时间的教学，陆尧开始思考：国家投入大量资金，派出无数汉语教师，但是我们的文化真的被学生认可了吗？他们对真实的中国究竟了解多少？

"北京是中国的一个省吗？"

"中国的女孩是不是没机会上学？"

"每个中国人都会功夫吗？"

……

课堂外，陆尧常常被学生们的发问弄得哭笑不得，起初她有点烦躁，心想：还大学生呢，连这都不知道。不过她还是耐心地一一解释，遇到尚存疑惑的学生，她会回家查阅资料，整理后发给他们看。

渐渐地，陆尧意识到这也是工作非常重要的一部分——消除学生对中国的偏见和误解。"我们常常以为，西方对中国是很了解的，实际上并不是那么回事，连最精英的大学生都以为中国农村穷得吃不起饭，何况是一般的普通人呢？"

相对于一开始"传播中华文化"的宏大目标，现在的陆尧从点滴的细节里告诉学生，真正的中国是什么样的。这让她一点点找到了自己忍受孤独、低薪、暂缓学业的焦虑来做志愿者的意义。

异团圆

◎ 淡豹

在伴随我最久的那些小伙伴里，味蕾最神秘而充满意外，也最可靠、老派、诚实。

我可以用大脑说服视觉，就像我能客气地说某幅平庸的风景画赏心悦目，身在异国看多了芝加哥摩天大楼外的湖景后，也能说服自己此地似乎宜于居住。但我骗不了味蕾。味蕾不同于大脑，它迅捷地依赖直觉做出判断，总领先于我的理智，它来得最快，留下的印象又最深刻，最长久。

童年家乡冬天的味道是酸菜的味道。到了除夕，沈阳市八纬路 24 号院的居民就把楼道里深褐透绿的缸上压的石块搬走，从缸里捞出腌好的酸菜，炖排骨和白肉。炖菜得炖许久方能入味，我的味蕾在哀叹中激动，说服它将有奇妙的美味报答我的等待。

两年前一个回不了家的大年三十，我在芝加哥渐渐丧失了耐心。美式中餐和牛排都无法宽慰我的味蕾，它近乎疯狂地提出一个简单却神圣的要求，而我只能臣服。它想要热的，像汤面的，像在家里腊月三十中午吃的简餐，比如一碗阳春面，有青菜梳理过年前总是兴致高涨、有所期待的胃口，有热汤安慰在响亮鞭炮声响起前已早早激动不安的身体。那天的芝加哥遭遇暴风雪，满城白雪覆盖，从我住的高楼阳台望出去，街道上行走的零星旅人缩小成抽象的点，街上的皑皑白雪与海一般宽阔的湖面结成的无边际的冰似乎反射着来自太平洋另一边的光芒，把我刺得焦躁不安。那个中午，这件事非理性而生死攸关——我必须得冒雪出门，去找碗像汤面的食物。

就这样，那个中午我到了唐人街，点了一碗越南牛肉粉。隔壁桌来了一个中年女人，用东北口音要了菜单，坐立不安地看手机，翻菜谱。过了一会儿，有一个年轻一些的女人带着一个四五岁的小女孩来了。

中年女人问："甜甜能融入美国社会吗？"

年轻女人拍拍小女孩，要她回答。女孩在座位上扭着玩。

年轻女人替她说："还是有差距。小孩儿不用担心，融入得快。"

中年女人对小女孩说："甜甜，你要向美国小朋友介绍咱们中国的文化。"

两个女人给小女孩点了春卷，她们吃牛肉粉。我也慢慢地吃我的越南牛肉粉。清汤滚热，把豆芽现烫熟，碗里还有牛肉片、牛百叶、牛筋丁。熟牛肉重，往往被河粉压住，藏在汤底，要等吃一会儿，汤略凉之后，甜香都透尽了，展出一股淡淡的让人饱腹的油味时，深色的牛肉片才渐渐翻出来。

中年女人接电话，她讲极不顺的英文，说："彼得，darling（亲爱的），我和妹妹吃饭呢，吃完饭买东西，下午见。我也爱你，彼得，再见，darling。"

中年女人问年轻女人："钱够花吗？"

年轻女人说："消费高。孩子去别人家里玩要带礼物。"

中年女人拿出一个信封给她，里面该是装了现金的。

年轻女人对小女孩说："甜甜，谢谢大姨。"

中年女人对小女孩说："甜甜，你要懂事。"

我始终没看出这个小女孩是她们二人谁的女儿。

去年二月，城中偏僻处开了一家东北餐馆，就叫"沈阳菜馆"。这是我期待已久的事，除夕前那周的某一天，我独自去吃饭。那时我已经习惯了无法回家的春节，味蕾通常只激动了口味，放过了眼泪。

旁边一桌坐着一对中国中年男女，点了一些典型的东北菜。吃饭时两个人的背都弓着，漫无边际地讲着打工的辛苦和国内的亲人。

女人说沈阳家里的老父亲病重，没法回去照顾，惦念着，睡不着觉。

男人劝她要分清主次，耐心等绿卡发下来，凡事在于心意，不在时间。

女人说累。

男人说我们已经来了，不能后悔。

女人问好吃吗。

男人说真香。

五彩大拉皮那么滑溜的菜，他们拨拉着非要给对方弄进碗里去，汤汁淋了小半张桌子。

快吃完时，女人接了个电话。

男人说你老公到家了。

女人说你也该回去了，好好过个年，好好吃饭。

他们站起身来，我抬头，是牛肉粉店的那个中年东北女人。她穿一件下摆收紧的黑色羽绒服，烫过的头发松散地盘起来，脸色略带憔悴。她取出一张餐巾纸，替男人擦去袖口沾染的油渍。她是我熟悉的沈阳女人的样子，好像也未及中年。

世间的团圆或有多种类型，就像世间的深情。而这些"异团圆"的指向或许殊途同归，就像与家人通电话时临近沉默前的嘱咐总是"好好吃饭"。中国人的幸福无非是寻常夫妻，市井家庭，在除夕一起坐下，吃顿团圆饭，远方人归来，吃饭中叙别情，同一只盘子里夹菜，圆融了磕碰的情意和代际间往往苛刻的相互要求。

少年时我急于下道德判断，正如那时急于割开自己所想象的家庭给予我的牵绊，去一个清澈自由的前方。要等到不能回家的春节一只手都数不过来，我才看出"团圆"二字的迷人，也才能懂得世间那些别样的"异团圆"中相互谅解的温柔，正如此刻我的家人宽宥我的遥远。

今年除夕，照旧有天南地北的团圆家庭和天涯海角的旅人，面对或安稳或孤零的盘中餐，举筷永不能忘的家乡滋味牵出对家不能舍的眷恋，或尝试切断那牵绊而不得、晓得是负累却终究解脱不了的深情。

我常常想起沈阳菜馆的那对中年男女。他们可能一度是夫妻，可能是如今困境中相互体谅的爱人，只能于除夕前数日在偏僻菜馆共进家乡饭。世间不能团圆者多，不能大团圆者亦多，要以家乡菜馆里小方桌前的异团圆，暂时告慰缺了一半的心。我愿以绍兴诗人刘大白的诗相祝，也把它寄给自己："是谁把心里相思，种成红豆？待我来碾豆成尘，看还有相思没有？是谁把空中明月，捻得如钩？待我来抟钩作镜，看永久团圆，能否？"

回想这一年，
我吃过好吃的中餐，住过豪华别墅，
受过富人冷眼，去过豪华电影院，
滑过雪，去过纽约，
受过委屈，哭过鼻子，
我觉得这一年没有白过。

我为祖国代言 /

来来来，这里是你家

◎ 夏可蜜

　　"Hi Judy！ I'm Carrie.Welcome to the US！"（朱蒂你好！我是嘉莉。欢迎你来美国！）大大的眼睛，长长的睫毛，脸上的酒窝甜美可人，这个漂亮的棕发混血女生瞬间唤醒了我那颗被长途飞行折磨得疲惫不堪的心。我牵着老妈的手战战兢兢地走向出口，挤出不好意思的笑容，挥手向面前的一家三口问好。

　　随着我的漂亮住家姐姐 Carrie 一同来的还有她的父母。Carrie 金发碧眼的爸爸 Frank 挺着巨大的啤酒肚，朝我热情洋溢地笑着。Frank 边上站着 Stacy——我的住家妈妈，来自中国台湾、二十几岁就拿到绿卡的自信女人。

　　我们"家"在学校边的一个小镇上。这个小镇充斥着各式各样豪华的大房子、草坪、花园及各类名犬，绝对能够满足那些爱看美剧中花园洋房的热血"粉丝"们。

"来来来，把这里当你家哦。"我那热情的住家妈妈 Stacy
笑眯眯地对我说。

你认识 Bubbery 吗，LV 呢

"Judy，你妈妈不是在波士顿吗？我们晚上去看秀吧！波士
顿的时装秀很少见哦！"到达这里的第三天，Stacy 在网上看到波
士顿一家购物中心当晚要举办一场豪华时装秀，于是邀请我和打
算在波士顿停留一周的妈妈一同前往。

"喂，Judy 妈妈你到了没有啊？我们还在路上，你到了先进
去占个位子哦。"Stacy 边开车边打电话给我妈。当半个小时后我
们到达秀场时，我看到老妈一个人孤零零地站在入口处等我们，
周围是成群结队的时尚达人，流利的英语萦绕在耳边。

看完时装秀后，Stacy、Carrie、妈妈与我一起在商场里开始
了闲逛。

"Judy！你认识 Buberry 吗？"Stacy 满脸兴奋地看向我和
妈妈。我们还没来得及回答，她又来了一句："还有 LV，在那儿！"

然后，她打量我衣着朴素的老妈一眼，无比诚恳地劝说道："你
应该买一个 LV 的包！"妈妈只能尴尬点头附和。

其实，Stacy 并无恶意，她只是对我、对中国的了解少之又少，
她以为我们依旧生活在一个缺衣少食的贫瘠世界里。逛完商场，

听完 Stacy 一分钟来一句的"你知道 xx 吗"之后，我们一行四人便走向停车场。

老妈所住的旅馆与我们回去的高架桥并不顺路，Stacy 便问："Judy 妈妈，你看是我把你送回酒店呢，还是就在这里停下你自己去坐地铁？"

老妈自然不会请求 Stacy 把自己送回酒店，于是她选择下车。Stacy、Carrie 和我在这茫茫黑夜里看着我老妈走向地铁站的背影，看到背影被黑夜埋没后，我们也就回去了。

一家人的感受

Stacy 最爱对我说的除了她令人羡慕嫉妒恨的完美家庭以外，就是一句"拿这里当你自己家"。

"楼下储藏室里有很多零食，饿了自己吃哦。""Judy！吃鱼啊！我觉得你应该是所有中国学生里面最幸福的一个了吧，还有中餐可以吃……""冰箱里那些饮料要喝哦！还有那些菠萝啊草莓什么的……"

真正把这里当作自己家实在是一件难上加难的事情。你无法将一个只接触了几个月的陌生家庭与自己生活了十几年的家混为一谈。于是我对自己说，现在就是证明你、考验你的时候，无论怎么样，真诚待人努力适应吧。

春假的时候，Stacy 准备带我和 Carrie 一起去纽约玩 3 天。尽管 Stacy 有时候的确让我不太舒服，但是她的热情还是很真实的。于是，我非常高兴地叫上了一个好朋友与我们一同前往。

旅程非常愉快，我们在第五大道疯狂购物，在中央公园看着马儿踱步，在观光车上吹着凉风看蓝天。

从纽约回到波士顿时，我的住家爸爸 Frank 开车来接我们。几天没见到老婆孩子的 Frank 看到 Carrie 和 Stacy 自然无比激动。他先是拥抱了 Stacy，再给了亲爱的女儿一个大大的拥抱后，立马从车里拿出两束玫瑰花分别递给 Carrie 和 Stacy，而对于我和我的同学，只是微笑问好。

倒不是多想收到花，只不过这样一来，我就完全没有 Frank 拿我当一家人的感受了。

难忘的生日

春节到了，爱张罗的 Stacy 打算办一个热闹的春节派对，地点就在我们家。让我特别开心的是，大年夜碰巧是我的生日，于是，年夜饭和生日派对在一起这样的美事令我期待不已。

可惜天公不作美，就在大年夜前夕，一场暴风雪将全州死死困住。全城停电，出门不便。Stacy 欢欢喜喜地煮了两天菜，现在却全部泡汤。家里停电，最主要是屋子里没了暖气冷得要命。最终商量后，全家人带着煮好的菜，一同到 Frank 最要好的朋友家去给我过生日——他家没有停电。

于是我们欢欢喜喜地吃了饭，玩了纸牌，还看了一部特别温馨的好莱坞大片。

Stacy 特意为我买了一个巨大的蛋糕，大家还为我唱了生日歌。更大的惊喜在我吹完蜡烛许好愿后，Stacy 和 Frank 给我送了三份大礼：50 美元的亚马逊消费券，一个面部清洁仪，一台平板电脑。虽说以前有些小事儿让我心里有些小疙瘩，可这次生日他们的确出钱又出力，尽力给了我一个圆满的生日派对。这样一来，我心里越发觉得过意不去了，决心要调整自己的心态，以真心回报他们的善意。

许久之后的某一天，我无意间从妈妈口中得知了一些会让人眉头一皱的事实。

原来很早的时候，Stacy 就给我妈发邮件："Judy 的生日要到了，你希望我们代表你为她开一个很盛大的生日派对吗？

如果你愿意，我可以代你为她买礼物，给她红包……"

老妈怕我一个人在异乡被轻视，汇了 1000 美元过去。

从老妈那里听到生日派对和礼物背后的故事，我向上的嘴角僵僵地挂在脸上。后来 Stacy 给老妈列出了一张费用清单，老妈禁不住说道："3000 多块钱给你买蛋糕、水果可真够大手笔的，算了，谁让你住在人家家里呢。"想想当时我同老妈视频时，她听我眉飞色舞地描绘生日派对的精彩与惊喜，我那心里藏不住秘密的老妈居然一点都没有透露这一切是她老人家埋的单。我觉得这一年，我和老妈都成长了。

我不知道，我明明听见你们吵闹的声音的

　　华辰是我在学校比较要好的中国伙伴之一。某个周六，我在 Stacy 同意后邀请华辰来家里过夜。我们吃了泡面，看了电视，然后又疯疯癫癫地在房间里唱歌，最后一起看恐怖片，到凌晨两三点才昏昏睡去。星期天早晨，门外传来 Stacy 的声音：“起床了哦，10 点出门去教堂。”

　　华辰打了个哈欠，掀开被子先我一步冲进厕所，锁上了门。过了一会儿，华辰回来，慌张地跟我说：“Judy！厕所的玻璃窗……怎么碎了？！”

　　我像疯子一样跑向厕所。没错，玻璃碎了，地上的玻璃碎片清晰可见。

　　由于太害怕，我们一直到了教堂才敢告诉 Stacy 与 Frank。之后，我向 Stacy 解释绝不是我打碎玻璃的，我敢肯定前一天晚上睡觉之前玻璃没有碎，我甚至不是第一个看见这一地碎玻璃的人。

　　“Judy，做错了事情，只要你承认，我绝对不会怪你。”Stacy 语重心长，“这间厕所是你专属的，那天晚上也只有你们两个人用过。

　　“白天我还打扫了厕所呢，玻璃绝对没问题。”

　　“是不是撞到了？我明明听见那天晚上你们在厕所里玩得很

疯，我和 Frank 在楼下看电视都听得到呢……"

我承认我和华辰的确一起在洗手间里待过，但绝对不会失态到在洗手间里又叫又闹甚至打扰到楼下的 Stacy。"可是如果那天晚上我们就弄碎了玻璃，我一定会马上告诉你的啊……"我尽量不让自己哭出来，维持一种好好商量的平和语气。

"这我就不知道了，你们俩现在怎么说都可以。Judy 啊，如果你做错了事情……"Stacy 说起道理来会一遍又一遍重复自己说过的话。

没有做过叫我怎么承认，于是我又一遍一遍重复着相同的回答。

末了，老妈的视频邀请为我解了围。Stacy 和老妈聊了一会儿，达成了共识：无论玻璃是不是我砸碎的，这是我常用的洗手间，华辰也是我带来的客人，所以玻璃的破碎有我的责任。老妈向 Stacy 承诺她会支付重装玻璃的费用。

我真感谢老妈。她相信玻璃不是我打碎的，更不想追究玻璃是不是华辰打碎的，她只想用赔偿金换来我平安快乐的日子。

来来来，这里是你家

回想这一年，我吃过好吃的中餐，住过豪华别墅，受过富人冷眼，去过豪华电影院，滑过雪，去过纽约，受过委屈，哭过鼻子，我觉得这一年没有白过。现在看来，那些不开心都已成过眼云烟。想起 Stacy 时，脑海中冒出的总是那句音调高高的"来来来，这里是你家"。

唯有依旧保持着
一颗探索的心和对生活的热爱，
才能去思考自由和独立的意义。

我为祖国代言 /

30 岁，喝上一盅再上征途

◎ 景蛮蛮

我设想过很多种方式庆祝自己的 30 岁生日。

也说不上庆祝。

30 岁对于女人来说总是有些心惊和感慨。

一说到这个数字的到来，感觉总是需要一些仪式感来压压惊，打打气，喝上一大盅再上征途。

江凌刚送给自己一份 30 岁的生日礼物。

2015 年 7 月 5 日，她决定一个人开车穿越象征着美国光荣与梦想、自由与勇气的 66 号公路。

结果是，一个月，一个人，一辆车，一部微单，一个三脚架，穿越 4000 公里，她从 29 岁开到 30 岁，一路上邂逅了无数有故事的人。回国后，闭关 3 个月，整理出 32 篇 66 号公路人物稿。

她给我打电话，问："我要出书，怎么出？"

我在出版公司，但是我告诉她："我们出书门槛颇高。"

江凌特干脆："明白了。"

转身，她就去搞了个众筹。

她每天在网上吆喝，说凑够 4 万元梦想基金，她就能出书。

江凌的性格特点中，"感染力非凡"这条要排进前三。

所以毫无悬念，众筹十分顺利。

以为故事就此结束了吗？

太天真了。

出版常常是一件漫长而折磨人的事情，尤其是对年轻、没有名气的作者，在这个行业里，年轻人需要备受煎熬。一般人的做法是选择等待，等急了偶尔找编辑闹一闹，发发脾气。最不济，回家哭哭鼻子，向周遭的人哭诉人生的挫败。

江凌可没有，新闻专业出身的她选择做内容，像她自己说的一样："我没有名气，没有资源，只有踏踏实实地写好文章，做好自己的 IP，别人自然会找上门。"

原本一筹莫展的她，开了一个微信公众号，陆续发表 66 号公路的相关文章，吸引了一些旅行平台的关注。在厦门一家旅行平台的邀请下，她远赴云南，开始了"穿越 66 号公路全国高校旅行公益巡讲"。

除了旅行平台之外，她在 2016 年 2 月底意外地接到了一个电话，是 SMG 东广新闻台《新闻马拉松》的主播新李老师打来的。

两周后，她坐在了直播间，"第一次上电台节目，一切都让我觉得恍惚又幸福"。

一个月后，她又坐在了喜马拉雅的录音室，开始录制《穿越66号公路》第一期电台节目，从文字、图片到音频，也算是开启了一个新的领域。

所有的一切，你可能以为有企宣，有设计师，有助理帮她打理。

都没有，就她一人。

她马不停蹄地利用上课之外的时间来完成这一切——她本来的职业是上海某高校教师。

重返 66 号公路

2016 年 10 月，当她的新书——大 32 开本，共 364 页的公路日记《穿越 66 号公路》正式出版的时候，在北京某旅行平台的赞助下，她带着新书，重新踏上了穿越 66 号公路的征程。

用她自己的话说："此次重返 66 号公路是为了一个承诺——去年我在采访每一个小人物时，都会对采访对象说，我会把你的故事写进一本书里，等到它出版后，我会带着书再回来看你。因为这个承诺，我再次上路。"

为此，她买了一整套最新的 Go Pro 设备和 DV，她将采访更多的人。她计划在之前文字和图片的基础上，加入视频采访和记录，期待用更丰富的形式，去呈现一条真实的美国"母亲路"。她还克服了时差和网络差的困难，抽空为某杂志做了几场直播，照她的话说，"要干票大的"。

　　毫无疑问，她正在成为一个网红时代的标签人物，尽管她不承认。她总嚷嚷，自己在做文化，是一个独立记录者，可大家都以为她在做旅游，后面解释累了，她也不在乎了："我爱 66 号公路，在 66 号公路上，我看到了自己的成长，它就像是我的情人，我忠贞不渝地将 66 号公路作为我终生要去探究的对象，也只有这样，我才可以和亲爱的它，永永远远在一起。我对这条公路的感情，不是旁观者能够感同身受的。"

　　在这个一切速成的时代，借助互联网的资源被大家熟知，我觉得这没什么稀奇。

　　稀奇的是，网红好像不该属于精英阶层，但江凌不但没有网红脸，还是个女博士（那种远离大众审美的生物），这就变得有些稀奇了。

　　当我问江凌穿越 66 号公路的感受时，她分享更多的是"一望无际的孤独感""车被砸了后的无助感""一边开车，一边唱歌，一边流泪"……

　　"这条路真的非常孤独，一路走，一路看不到尽头，很多时候我除了听广播，就是自己和自己对话，在太阳暴晒下，我一直往前走，试图战胜内心强烈的孤独感。可当我最终抵达这条路的终点，看到了彼岸的我，我也终于悟出：道路是我的宗教，没有磨难，谈何信仰。"

成为理想自我的可能

如果你想在这个特殊时代有存在感，那就需要足够的野心和努力。

从技巧层面来讲，想要获取市场价值，你得变成一个融会贯通的矛盾体：个体上足够出世，行动上足够入世。即便无法成为当年的 Lady Gaga 或者 Leonard Cohen，但你也有成为理想自我的可能。

每年行走在 66 号公路上的自驾一族有千百万人，但是只有江凌带着录音笔、Go Pro、单反……沿路采访嬉皮士、流浪汉、牛仔、市长、艺术家、文身少女、越战老兵……

出国读书的小伙伴有许多，去做交流学者的更是不胜枚举，但是应该很少有人像江凌一样，通过毛遂自荐，主动出击，能够让密苏里新闻学院院长，甚至在街头搭讪认识的美国市长为她背书，写新书导读。

其实，想想甚是奇妙。江凌小时候在中国最大的彝族聚居区四川大凉山的雷波县生活，我对那里一无所知，除了她告诉我的，那里日照充足，盛产脐橙，有身披查尔瓦、头顶英雄结的彝族老乡。后来她到了西昌，到了成都，又去了美国，最后定居在上海。

她上的本科学校，英语专业基本全是女生，爱集体上厕所，逛街吃冒菜。江凌说她在班级中并不受欢迎，甚至被孤立。但是，她成了全校唯一一名跨专业、跨地区考研到上海的学生，从她拿到录取通知书那时起，同学们突然对她表现出了前所未有的理解与支持。所以，如人饮水，冷暖自知，我想她应该在很年轻的时候，就明白了强大才能带来尊严和自由。

如她自己所说："相对刚走上社会开始工作的那个江凌，30岁的自己，有了选择的底气和担当的能力，唯有依旧保持着一颗探索的心和对生活的热爱，才能去思考自由和独立的意义。"

世界那么大，我想在路上

◎ 林诗涵

让我们谈谈穷游的年轻人

在柬埔寨，一条开往洞里萨湖的船上，只有我和一个以色列商人落单，于是我俩便开始有一搭没一搭地闲聊起来。他开门见山地问："你住的旅馆多少钱一晚？谁来支付你的旅费？你在哪里上大学？谁来支付你的学费？"

我并未感到被冒犯，因为他和水上划皮艇的小哥是这样打招呼的："嘿！你一天能往返几趟？每趟挣几美元？你们家有几个人挣钱？"

犹太人对金钱有着天生的敏锐嗅觉，大概因为他们是"被上帝选中的"生意人。

当谈到青年旅馆这个话题时，我们产生了严重的分歧。

"我永远也不会住青旅，如果碰见了一对情侣怎么办？"他问我。

"即使是情侣也会乐于交流的。"我说。

"不不不，我是说，如果你和一对情侣睡在同一个房间怎么办？"他瞪大了眼睛看着我，一副"你懂的"的模样。

"噢！"我总算理解了他的意思，"放心吧，他们分开睡。"

"是吗？"他看上去仍然很怀疑，"我可不想尝试。"

"作为一个独行者，如果住在酒店的豪华房间里，你只能跟镜子里的自己交流，这趟旅行便失去了一半的意义。"

"我不想跟别人交流！我已经受够了没完没了的电话会议、电子邮件、待办事项，人与人交流时都互有所求，我只想一个人安安静静地待着！"

"好吧，可是对于年轻人而言，这是他们认识世界的方式，你至少应该让自己的孩子多尝试一些。"我建议道。

"每次全家出国旅行，我都会雇司机、专车和私人导游，即便是在最贫穷的地方，有钱也能办到。"他掏出手机给我看照片，"我有三艘游艇，一座建在海上的房子，一家自己的公司。我这么努力地工作，不是为了让我的孩子独自睡在男女混住间！"

"好吧，你是个好父亲。"我没想到他如此富有，但还是坚持道，"不过还是让我们来谈谈那些独自上路穷游的年轻人吧。"

穷游的意义

穷游，顾名思义，口袋里没几个钱还想着去旅游。对于一个年轻人而言，如果不寻求父母的支持，外出旅游的经费可能是你一边读书，一边做了三个月兼职才攒起来的；或者，你依靠一份微薄的薪水，省吃俭用了大半年，才勉强凑够了廉价航空的机票钱。

要想真正了解一座城市而非仅仅游览它的景点，你可能需要将行程延长至一个月甚至更长时间，这也是你"穷游"的根本原因。

你不得不乘坐又挤又闷的长途夜巴士穿越国界；为一碗更便宜的咖喱饭多走三个街区；你穿过满是流浪狗的小巷寻找一家廉价旅馆，结果却不得不忍受下铺无休止的鼾声；因为落地签比纸质签便宜10%，你心甘情愿地在混乱的边境多排了三个小时的队。在柬埔寨时，我曾听见一对结伴的朋友争论午餐的内容，中国女生埋怨法国男生磨磨蹭蹭，建议到便利店里买一袋饼干、一瓶矿泉水，然后直接出发，结果法国男生在便利店里转了一圈，两手空空地出来了，他义正词严地说："一袋饼干要一美元！一美元够我们吃顿像样的午饭了！为什么不让我吃饭！"——你将一遍又一遍地重新认识钱的价值。

你还将找到机会，重新翻开那本始终难以读完的书。经历过动荡的旅途，看过难忘的风景，你会觉得平日沉迷的通俗小说的狗血情节是那样平淡无味，远不如生活本身精彩，而那些你曾经觉得艰深晦涩、乏味费脑的作品，却承受住岁月的洗礼，在某个夜晚重新焕发光彩。你将以一种全新的、平和的心境，与那个虔诚的写作者产生超越时空的共鸣。

当然，最重要的还是你在旅途中遇见的形形色色的人。当你独自加入一群年轻人时，你会彻底地打开自己。没有压力，也没有焦虑，旅途中的大多数人都自然而然地呈现出最美好的一面，你们记不住彼此的名字，却都成了最真实的自己。

除此之外，你还将见到冬夜里聚在一起拾柴烤火的流浪汉，围着浴巾在浑浊的河水里洗澡的女人，在街头遛恐龙模型的动物保护者，特拉法加广场化装成青蛙的卖艺者，京都地铁站穿着和服的新嫁娘……人们姿态各异，但都坚强地活着，因为生活本身就是一件有意义的事。

当然，你也会遇到各种各样的麻烦。但是，你最终会练就一身解决麻烦的好本事，冷静地站在异乡的十字路口，笃定得如同手握无形的指南针。这种笃定将一直在潜意识中鼓舞着你，如同头顶的北斗七星，指引你走过人生的十字路口。

认识这世界

在我发表完长篇大论后，以色列商人总结道："好吧，你的意思是，年轻人独自穷游的意义在于磨炼自身毅力，学会解决问题，并重新审视生活，是吗？"

"这是我最初想表达的，但我现在改变主意了。"我笑道，"旅行的意义应该是日出时照进庙宇的那一束晨光，是风中飘来的不知名的花香，是伴着鸽哨扑棱棱飞过头顶的鸽群。而你刚才总结的那些能力，只是旅行带来的附属品。旅行不是手段，它本身就是目的。"

"那么，问题又来了，从青年旅馆窗口看到的风景一定会比从豪华酒店窗口看到的风景更美丽吗？"他追问。

"不会，但是你会更感动。"

你会更感动，所以，当你坐在通往洞里萨湖的旧木船上，闻着旱季里水道的恶臭，望着两岸破败的越南浮村——人们在此出生、成长并死去，孩子们光着身子在泥地里游戏，男人们日复一日地在浑浊的水中捕鱼，妇人们在晒满布料的平台上种满橙黄的花朵——你的眼中会蓄满即便无用却依然动人的悲悯，而非"世事原本如此"的淡然。

我想，直到最后我都没有说服这位以色列商人，但我重新说服了自己。我想，当我成熟并忙碌后，我会在难得的假期找一片海滩晒太阳，品尝昂贵的红酒和海鲜，充分放松并享受宁静。然而，在我年轻的时候，我想孤身上路，去发现并认识这个世界隐藏的诸多难以言说的秘密。

这就是拾"破烂"的乐趣吧,

除了斩获宝贝,

更收获了人情的温暖。

拾"破烂"

◎ 任盈盈

第一次拾"破烂"

我不喜欢"破烂"，甚至对它们深恶痛绝。我是绝对的极简主义者，奉行"one in，one out"（有一进，必有一出）原则。可我怎么也没有想到，来到加拿大后，我不仅开始拾"破烂"，甚至渐渐感觉其乐无穷了。

我最早拾的一个"破烂"纯属生活所迫，一点儿乐趣都没有。

刚到加拿大时正是隆冬，我们在零下三十多度的气温里带女儿来到落脚的地方，推开房门，别说家具了，连一张纸片都没有。

我几乎傻了眼。中国人天经地义的"拎包入住"的观念在加拿大被狠狠颠覆了。女儿嚷嚷饿，我赶紧去厨房给她加热汉堡包，却发现连微波炉都没有。我们只能再次冲进漫天雪花去商场买微波炉。

微波炉倒是很多，价格看上去也不高，可是一把价钱换成人民币便吓了我一跳，再一想还要加上13%的购物税，可能还有5%的环境污染税（加拿大出于环境保护的目的，对于电器类商品征收"环境污染税"），那价格更令我心惊肉跳了。

我想起本地著名的二手家电网站，打开手机登录网站，果然看到好多二手家电在转让，价钱低，而且没有各种税。于是，我当即联系了一个看上去不错的卖家，安排老公杀了过去。

过了好久老公才回来，抱着一个巨沉无比的微波炉，是松下牌的，有八成新。我喜滋滋地用毛巾擦拭着，听老公讲故事——

卖家是一个中国老头儿，几十年的老移民，巨大的车库里堆满了各种破电器。老头儿说自己在国内是一个机械工程师，来加拿大之后看到人们动不动就把电器扔掉，深感可惜，于是便捡回各种电器，自己稍稍捣鼓一下，当二手商品转卖掉。

生意很不错，毕竟没有任何本钱。老头儿不仅卖给老公微波炉，还拼命向他推销一台跑步机。老公百般推却，后来只能以汽车后备厢太小无法将其放入为由拒绝。老头儿不甘心，又拿出一套剪发工具非要给老公剪发，嚷嚷着说老公再不剪头发，别人会以为他是流浪汉，丢中国人的脸。

老公无奈，只好乖乖坐下让他胡乱剪了一通，收费当然不便宜，而且还有小费。

我听得啧啧称奇。都说中国人像野草，随便丢到哪里都可以扎根生长。这种锲而不舍、坚忍不拔又机灵油滑的个性，其生命力与招财进宝的才能在全球绝对是遥遥领先的。

"惜物"的老外

我们很快买了一套相对较小的房子，一则因为没钱，二则因为没有能力把 House 填满。可即便是一套非常小的房子，等我们把几件可怜的家具摆进去之后，家具立刻被房子吞没了。

加拿大家具店里的商品非常昂贵，我们当然不敢买。网上二手店里的家具品质良莠不齐，实难信任。一个周末，我带女儿散步，突然看见一个街坊正在搬家，车库门口摆了一堆旧家具等待处理，其中有一张复古风格的实木餐桌，配有 6 把椅子，还有一个相配套的橱柜。我暗自惊呼一声，赶紧冲上前看。这么一大套全实木家具，居然连一道划痕都没有，不仅有着精美的手工雕花，还有好多个小抽屉。我左摸右摸，不敢相信这么好的东西居然被当作"破烂"卖掉。

主人和我聊天，因为觉得这个社区人太多，所以决定搬到乡下住。每一次搬家，他必会淘汰一批家具，而这一套餐厅家具已经跟随了他近 20 年，他一直悉心保护着，甚至还有 20 年前的质量担保证书。

他给我看那盖着金戳的证书，居然还是用老式花体英文书写的。他告诉我实木家具的护理知识，比如不要让太阳直接晒到家具；比如吃饭时，一定要铺上特殊的餐桌保护垫，然后再铺桌布，每一年专业保养一次。

这哪里是使用家具啊，明明是在供奉家具。

虽然如此珍爱，但他的要价非常低——这一大套古典的全实木桌椅包括大橱柜居然只要 2500 元人民币。我如获至宝，赶紧吩咐老公搬了回去。这一套餐厅家具品质高、造型美，人见人爱，也是我拾"破烂"生涯中最值得书写的战利品。

他们非常用心地保养东西，大到房子，小到餐具。比如，一到春夏，家家户户便开始在房子上敲敲打打；再比如，我的前任房主搬走时留下一盒包装精美的粉末，一开始我以为是化妆品，后来才搞清楚这是给银器、不锈钢餐具用的抛光粉。至于她留下的其他保养用品——满满一大盒骨瓷清洁液、皮革清洁膏、实木家具保养蜡块……真令我无限佩服老外们对生活的用心与爱意。因为"惜物"，所以老外的物品，哪怕用了几十年，感觉就像古董，没有一点儿破烂感。

卖"破烂"嘉年华

每年 5 月的郁金香节之后，渥太华全城便开始了盛大地卖"破烂"活动。政府专门辟出市区的几条大街，鼓励市民们把家中的"破烂"全部搬过来，可以卖，可以物物交换，当然也可以免费赠送。

这个节日对于我来说，绝对是一年之中顶好玩的超级嘉年华了。

今年的"破烂节"，我带老妈一起逛。在百花盛开、绿树成荫的城市里，古老的教堂边，百年的老宅前，开满郁金香的花园边，波光粼粼的河畔……市民们热热闹闹地卖着"破烂"。有旧衣服鞋子、旧雪橇雪板、旧书、旧家具、旧玩具、旧电器，当然还有我最喜欢的旧陶瓷摆设、旧画、旧装饰品。

许多比明星还漂亮的帅哥美女们当街便试起旧衣服鞋子，兴奋得两眼放光。有一些卖家甚至直接给你一个塑料袋，让你尽情装，无论任何东西，每袋只要2美元。

妈妈看中一个精美的英国骨瓷玫瑰花杯子，问卖家多少钱。白发苍苍的老人居然拿了一个纸盒子，小心翼翼地把杯子装起来放到老妈手中，说："送给你，不要钱。"老妈还没有反应过来，对方又说了一句："谢谢你，拿走它吧！"

妈妈惊讶得眼睛都直了。

我告诉老妈不必惊讶。因为加拿大实行严格的垃圾处理政策，生活中不用的物品，不可以直接丢进垃圾桶，而是要开车送到专门的地点让专人帮助处理，似乎还要缴纳费用。因此，他们谢谢你拿走他们的"破烂"。

在一座安静的教堂后面，一位上了年纪的女人坐在草地上喝咖啡，面前摆着一套小巧玲珑的古典小书桌和椅子。我二话没说，赶紧走上前，一屁股坐在那把椅子上据为己有。

女人和我唠嗑，说她以前住在一幢大房子里，如今年龄大了应付不了打扫修整大房子的劳动，于是换成公寓，也因此不得不处理掉许多家具。这套桌椅是用上好的全枫木手工制作的，是她的心爱之物。

我二话没说，当即付钱买下了她的宝贝。因为谈得高兴，她居然答应送货上门，因为她也很好奇宝贝们到底将要流落到怎样的家庭里，简直像嫁女儿！

约定送货的时间是周二下午 3 点。刚刚吃过午饭，妈妈便坐在车库门口翘首相盼，一个劲儿骂我是糊涂蛋：因为我只把自己的手机号码留给了卖家，却没有留她的手机号码。一没凭据，二没证人，人家收了钱又不送来怎么办？

可是 3 点刚过，一辆红色的小货车便开了过来，女人满面春风地停了车，刚一下车便被妈妈一把捉住了。

妈妈一个劲儿地用中国话说"谢谢"，我向她解释，妈妈不会说英语。

她笑道："语言不重要，你妈妈这么漂亮的笑容就是最好的语言。"

我们合力把桌椅搬进屋，一起喝了茶，聊了天，然后挥手告别。我想，我们对对方都非常满意。

我听见妈妈不好意思地说："我以为她不会送了，要是我可能就不送了。"

我笑弯了腰。这就是拾"破烂"的乐趣吧，除了斩获宝贝，更收获了人情的温暖。

舌尖事

◎ 梁小雨

一

　　我租住的费城公寓的楼下，有一家越南阿姨开的小饭店。说是小饭店，其实更像一个干净的吧台，它租借自公寓管理处，是越南阿姨承诺不会有什么油烟才被许可的。由于场地的局限，小饭店里只有两张高脚桌可供食客使用，所幸来这里吃饭的人大都住在楼上，通常会点了餐直接打包带回家。小店里没有菜单，吃什么全凭越南阿姨的喜好，一般每周一三五是腌猪扒，二四六是姜丝鸡。公寓里住的多是学生，也并不计较口味，阿姨做什么大家吃什么，这里好像一个编外的食堂窗口。费城的亚洲餐馆众多，光我们学校周围就有不下十家，有环境整洁的，也有手艺不俗的。这家越南小饭店的菜味道平平，但占了有利位置，生意还算兴隆。

加上越南阿姨极有人情味，学生去了，都能得到她殷切的关怀：是否有课？最近辛苦吗？

"你好幸运哦，都下课了，你看她还要去上课呢。"

阿姨用昂着的下巴指了指正在一旁吃饭的短发女生，手下利落地忙活着，将浸满了肉汁的排骨拣到我的饭盒中，然后放入三块猪扒肉、一个卤鸡蛋，再多添两筷子蔬菜。有国内的同学跟我一起去吃，我都会用中文笑着提醒："如果觉得太多，就要跟她讲，不然她会放好多在饭盒里，根本吃不完。"

在国外留学，越来越觉得面前的塑料饭盒已然代替了印花的白瓷饭碗，变成了这些年家的味道。而做饭的人又如此亲切，以至于听性子孤僻的同学讲过："每天不是上课就是宅在家，也就买饭的时候跟越南阿姨说说话。"

二

吃饭对于中国人来讲，是社交活动。好久没见面了，一起去吃顿饭吧；有事儿求人，也要一起去吃顿饭。在留学生圈子里同样如此——再不易交往的人，亦难抵挡"今天出去吃一顿吧"的邀请。毕竟这不但满足了个人需求，同时还能体谅一下干瘪的钱包。大家都心照不宣，一个人出门是没法点菜的，点两道吃不完，点一道又太单调；和同学一起去吃就不会有这个问题了，五六道菜排开，想吃什么吃什么。在一张桌子上吃饭的是不是熟人倒也无所谓，说不准一顿饭之后发现都爱甜豆腐脑，便引为知己。美国人的饮食习惯则不同，他们吃饭可能是为了聚会，但更多只是为了果腹：吃饭是自己的事，与同桌的人互不干涉。哪怕在中餐馆，他们也是一人点一盘菜，再各自配上炒面或米饭。

在国外待的时间长了，未必能做到不受异国氛围的影响。放假回到国内，我习惯性地把碗里的米饭扒到骨碟里，浑然忘记那碟子在国内是用来装鱼骨之类的。与朋友出门逛街，好吃的冰激凌朋友咬了一口后要跟我分享，一时间我还反应不过来到底该不该吃"别人"的东西。留学生回国后常被说"比从前冷淡了不少""不好亲近了"，大约也有这类习惯的影响。亲密从合胃口开始，疏远也早已从小事中窥见一斑了。好在回国只要上了饭桌，大家都会优先照顾你的情绪，心照不宣的原因是"在美国吃不到这样好的菜"。

三

美国倒也不是中国传统美味的绝迹之处，费城有一间广东人开的烧腊店，味道在中国都可算上等，可惜没有漂亮的门面。店里的师傅来美定居已有几十年，虽然操着一口流利的中文，味觉依旧很"中国"，但也不了解现在的中国究竟是什么样子。这家店里的烧鸡、烧鸭要挂在灶台旁，卤味、烧腊的名字皆用隶书竖排写在红纸上后，贴在墙上，小小的半扇门只够一人进出。中国城里不乏这样的店面，比中国更"中国"，人们背井离乡时对故国的印象，被一板一眼地刻在了美洲大陆上。走在那里，仿佛置身于一张 20 世纪八九十年代的中国照片里，他们称自己为哪国人都很别扭，心思只能传达在饭菜里。来此几个月的中国留学生尝一口，那感觉仿佛是从琥珀里嚼出了封存多年的时光——巨大的树脂滴在中国城上，岁月凝固在厨师的记忆中。

胃，掌管了中国人的记忆。

到了夜里九点多，美国的大多数餐馆都已打烊，这个时候如果你馋夜宵，只能去中国城趸摸。亚裔的勤劳，是西方人不能理解的"自虐"。这家四川菜馆由一对夫妻经营，几个打工的小妹大概也是老家来的远亲。临关门只有我们一桌人就餐，老板也不着急，满脸逍遥地坐在一旁的大圆桌上看自己喜欢的节目，《新闻联播》、晚会之类的。看了一会儿过来问问我们吃得是否满意，得到肯定的答复之后，又十分开心地问我们来自哪里。

遇见一个湖北同学，老板开心极了："我是武汉人呀！为什么开川菜馆？川菜名气大啊。开川菜馆的有几个是四川人呀。"老板娘在柜台里对着账，抬头笑一笑这个跟人自来熟的丈夫。

而我们也心照不宣：他曾经是武汉人，现在是美国人。这似乎也并不冲突，它们代表的是两个完全不同的意义：法律上的归属和情感上的归属。

四

对留学生而言，分辨这二者并不容易。

在需要了解世界的时候，留学生来到了另一种文化氛围中。最初接触的社会竟然不是自己的祖国，可又不能完全"放弃"自己的出生地。其中性格不够外向的人，自然变得孤独，曾经听人诉苦："每天就是上课、睡觉，唯一没有放弃的社交活动是吃饭。"

还好我们需要吃饭，还好食物对于中国人而言不那么简单。

记得有一次参加美国大学组织的中国旅行，途中大巴车司机放起了《舌尖上的中国》，漫长的下午，大家昏昏沉沉地斜倚在座位上，忽然瞄见电视里的美食，一个个都振作精神看起来。片子的最后，一对以种蘑菇为生的农家夫妻互相揶揄着，却难掩幸福。

那时候我才恍然发觉，在中国，舌尖事原来就是人情里的世间事。

或许，

很多中国男人根本无意拥抱世界，

只想沉浸在自家主妇的小厨房里，

与世界相安无事。

我为祖国代言 /

主妇厨房

◎ 任盈盈

一

来渥村之前，我成天做白日梦，打电话问已经抵达的老公："我以后开个中餐馆是不是可以发财？"

"No！"老公很少不给人商量的余地，但关于这个问题，他的回答斩钉截铁。

到了渥村，还没几天，我想开中餐馆的心便如同加拿大的冬天，寒冷透顶。

我刚去加拿大时的房东是一位中国女人，欢迎我的方式是邀请我一起做饭。那是早春四月，她从一辆白色的轿车里轻快走出，穿一袭剪裁精美的紫色呢子大衣，戴黑色的羊毛呢软帽，漂亮的鬈发从帽子里探出来。

更令我意外的是，她居然五十好几了，儿子都已经上大学了。她早年作为家属陪同先生去德国工作，之后举家移民加拿大。尽管先生工作稳定，不需要妻子工作挣钱，但闲不住的她在德国便卖起包子，来到加拿大之后，又去银行销售贷款。她的业绩极好，一连数年被评为销售精英，2014 年更是被评为该银行的全球销售十强。

事业如此成功，她依然自己做饭。其实不只做饭，她还和先生一起种花、种菜、刷墙、洗地毯、贴瓷砖、更换厨卫的大理石台面，当她指着厨房整整一面墙的瓷砖告诉我应该怎么贴才最省料时，我只能苦笑不言。

那天晚上，她做了西红柿牛肉丸汤、小土豆烧排骨、糖醋鲑鱼、橄榄菜干煸豆角、绿豆凉粉等几样地道的中国菜。不用说，所有的菜都美味至极。我问她："你工作这么忙碌，家里又不缺钱，为什么还要自己做饭？"她笑了："因为咱们中国人个个都是'吃货'！"

我又问："渥太华最好的中餐馆在哪里？"这一回她笑得更开心了："就在咱们中国主妇的厨房里！"

二

美丽的房东大姐一点儿都没有夸张，没过多久，我便体验到渥村"主妇厨房"的魅力。

加拿大非常盛行 potluck 文化，即一家一道菜的聚会方式，地点可以在室内，也可以在风景优美的室外。我第一次参加 potluck 是在一位中国朋友的家里。出发之前我跟着菜谱一板一眼地做出两道家常却稍有特色的中国菜：客家酿豆腐和粉丝蒜茸虾。本以为算是"合格"了，但到了现场之后，我自愧不如。

偌大的餐桌上已经摆满了各家各户带来的菜肴——正宗的西安凉皮、卤水豆腐干、武汉热干面、水煮鱼、酸菜白肉、翠花烤排骨、越南春卷，还有自己烤制的麦芬蛋糕、泡芙、枣泥糕……最令人垂涎的是一条白鲈鱼，是一位中国朋友从渥太华河里刚刚钓上来的，然后立刻用豆豉清蒸之后就端过来了。

我一道菜一道菜地欣赏，像一个"吃货"，垂涎三尺，感慨万千："亲友们天天担心我在国外委屈了自己的胃，看来事实完全相反啊！"

朋友们听后全乐了，纷纷解释，因为想家，大家便成天琢磨怎么做出家乡的味道，久而久之，自己做的居然比家乡人还地道。偶尔回趟国，反而感觉国内的中餐不那么地道了。

我在国内时曾经采访过女作家虹影。谈到做饭，她说，理想中的厨房应该面朝山峦或者原野，抬眼便有壮美的景色，厨房里舒适方便，可以放音乐，可以看书，可以做笔记，也可以做菜。花园里要种花，还要种菜，比如香葱、薄荷、法香、迷迭香……当时我以为如此理想的厨房只停留在女作家的文艺梦幻中，而今来到渥村才渐渐明白，这不过就是极其普通的生活而已。

但凡中国主妇的花园，绝大多数有开垦出来的小菜园，四月冰雪刚刚融化，土壤里的菜苗便开始噌噌往上蹿，小西红柿、小黄瓜、西葫芦、茄子、大南瓜……有一次我还看到成排的东北大豆角，一问才知道是主人从东北老家偷偷带过来的。要知道种子属于外来物种，通常禁止入关，中国"吃货"们居然以身试法，真是勇气可嘉。

优质的水和空气、地道的手法、新鲜的食材，再加上孜孜不倦的探索精神，难怪许多有过海外生活经验的人都感慨：在今天，最会做菜的中国人都在国外了。难怪一提中餐馆，渥村主妇们多半会反问："有自己做的好吃吗？"

当然了，渥村不仅仅只有中国主妇，别国主妇们的厨艺一样精湛。正如除了中餐，别国的饮食文化也同样博大精深。

英语学校里，老师们最爱办的活动便是召集学生们 potluck，每到此时，我便仿佛置身于世界美食展览中心。日本主妇们包好精美的寿司，韩国主妇们多是做泡菜冷面，东欧的主妇们总是用大铁盘烤出各种各样的水果派，中东的主妇们最爱做的是各种各样的肉丸子……俄罗斯的女同学最逗，有一次端出来的居然是饺子，只是里面的馅是拌了很多黄油和奶酪的土豆泥，令我们这些来自饺子故乡的中国主妇们哭笑不得。

不久前，一个朋友受邀去一位加拿大女士家帮厨，该女士要在自家花园里举办一个 30 人的 party，估计她的厨艺相当了得，居然要求所有人不带任何食物，她一个人搞定所有菜肴。在中国主妇中，朋友也算是厨艺极好的一位，但此行令她颇受打击。原来这位加拿大女士对食物的要求极为严苛，比如切奶酪，一定要用专门的刀把奶酪切成同样大小的方块，其薄厚都有专门的尺寸要求；比如煎饺，煎好之后要用刀子把每个煎饺一分为二，然后再在上面插上牙签，以方便客人食用；最不可思议的是洗葡萄，居然有一系列复杂的流程：先用流动的水清洗，再用纸毛巾擦干，然后把葡萄分成小串，每小串都是两三颗，就是为了让客人取用方便。

三

　　来到加拿大之后，我的感受便是不谈"梦想"，朋友们聚在一起不是研究去哪里玩，便是讨论做什么东西吃。也许完善的社会制度会令所有的野心家、机会主义者无法生存，因此大家没法"做梦"，只好纷纷享受当下。于是，"吃"便是摆在第一位的任务了。

　　夏天的一个傍晚，我们去朋友家吃烧烤。朋友刚从国内出差回来，居然带回一个烤羊肉串的专业烤炉，刚一落地便招呼大家一起烤羊肉串吃。

　　那天，我们坐在朋友家后花园的凉台上，用四川的辣椒面、青海的孜然粒、绍兴的黄酒把羊肉腌好切块，然后用扦子串着烤。烤炉的火候掌握不好，一堆人又是用嘴吹又是用报纸扇，个个都弄了个大花脸。孩子们在花园的草坪上踢球，野兔们在树林里蹿来跳去，巨大的枫树和雪松浸染出层次渐变的绿。

　　我喝着冰酒，看着青烟袅袅升起，渐渐消失在水彩画般的天空，一时有些感慨道："这就是所谓的活在当下吧？"

　　朋友们笑了："或许更是醉生梦死？"

　　没有答案。

看得见风景的房间

◎ 任盈盈

渥村不是一个村子，而是加拿大首都渥太华，因为人口只有北京市朝阳区人口的一半，故而被中国移民嘲笑为"渥村"。出发之前，我告诉妈妈，在渥村，吃菜需要去自家后院里摘，窗帘需要自己去市场买布，然后踩缝纫机做。超市没有活鱼，实在嘴馋怎么办？那就划条船去河里钓吧。

妈妈惊讶："我好不容易走出农村，怎么你现在又千辛万苦回农村了？"

在渥太华，老移民总是说："买房子，如果没有看到三百套以上，千万不要做决定。"可是我在看到第三套房时，便已经心动了。

那是一个初秋的傍晚，我们如约去看房子，远远便看到两棵大枫树像士兵一样伫立着，一棵深红，一棵明黄。前院建了花园，花园内有好几棵一人高的丁香树，树前种着稍矮的松果菊和玫瑰，再矮一点儿的是白色雏菊，贴地遮盖土壤的则是开着星星点点小蓝花的欧石楠。

渥太华有将近半年的冰雪天，也许是因为对春光的无限珍惜，本地人狂爱园艺。看多了私家小花园，我这个"花草盲"渐渐也看出点儿门道，原来种花可不是随随便便想种就种，一个合格的花圃要讲究视觉层次的组织规划，还要讲究花草在不同月份颜色的搭配，保证一年四季都有鲜花盛开。

眼前这个花园当然不算卓越，但起码经过精心设计。我已经开始畅想夏天的傍晚，端着冰酒半躺在花园的藤椅上看书的图景了。当然，没有想到的是夏天渥太华如同轰炸机般的蚊子，还有冰酒因为甜度太高，在本地可不算讨人喜欢。

一

中介 Carlo 在房间里等着，房主则已经避开。一进门，我们便被花香、音乐及绘画作品拥抱了，抬眼便看到几扇落地大窗，令后花园的风光扑面而来：芍药浓艳，草皮新绿，蓝绿色的雪杉伫立在角落。恰好墙壁被刷成暗红色，衬托得窗外风景如同上帝的油画，姹紫嫣红，自然天成。

我突然想起那部电影——《看得见风景的房间》。

"壁炉是旧的，屋顶是旧的，地毯烂了一个洞。"朋友看我有些愣怔，赶紧泼冷水让我清醒，"这几项加起来起码得刨去三四万块。"

可是，我充耳不闻，只是心若撞鹿地一个房间一个房间继续看。这幢独立的三层小楼，到处都是极富设计感的窗户，窗外皆是风景，就连地下室的三个半窗，一扇窗外种着爬行的常春藤，另外两扇窗外种着薰衣草。

Carlo 是个聪明人，她早就看穿了我的心思，微笑着说："Rose 说，她像照顾孩子一样照顾自己的花园。"

Rose 就是现任房主了，她是来自英国的一位老艺术家，这满墙的画都是她的作品。因为要搬回英国和女儿同住，所以不得不卖掉这幢房子。想到这里，我居然有点难过，这满园的芳菲，她怎么舍得放下？

二

爱屋及乌，我开始不停地想象 Rose。美丽的、优雅的，还是像《塔莎奶奶的美好生活》中的塔莎奶奶，画画、做园艺、烤饼干，穿着中世纪的古董衣服？

按照本地惯例，买卖双方只有签好合同才有可能见面，很多可能永远不会见面，毕竟一切由中介、银行与律师代办，确实也不需要见面。但合同还没签好，我便催着 Carlo 要求安排见面，理由是"学习如何照料花园"。Carlo 说 Rose 兴奋极了，连连表示：

"太好了！"

见面那天，Rose穿了一件有精致刺绣的白色衬衫，蓝色裤子，雪白的头发挽成发髻盘在脑后。本以为见面时会有一个热情的拥抱，但一触到她冷峻的眼神，我不由得后退几步，态度也变得矜持起来。

Rose绝少像本地人那样轻松微笑，表情几乎称得上严肃，薄薄的嘴唇紧紧抿着。她60多岁，但动作仍然称得上敏捷有力，微驼的后背倔傲挺直，令我不由得想起伊丽莎白女王，那一模一样的冷峻表情，还有永远屹立不倒的姿态。

她当然和女王没有半点儿关系，尽管房间里挂满英国王室的照片。她只是一个不算出名的画家，为了生计，把地下室布置成教室教学生画画。她还是一位单身母亲，很多年前离了婚，独自一人供养房子，抚养女儿。如今女儿长大成人，也成为艺术家，供职于英国一家博物馆。

"你怎么做到这一切的？"我惊讶地问。

如果说做单身妈妈需要勇气，那么生活在加拿大，单身妈妈更需要无比强悍的勇气与能力。即便解决了经济困难，还要应对恶劣的天气与繁重的劳动……不说别的，光是冬天铲雪、夏天割草就足以撂倒一个大男人。更何况，Rose还是一位老人。

她云淡风轻地说："这没什么，我只是去建材超市买来工具与材料，换了灯，刷了墙，换了卫生间的水槽与柜子，还用砂纸和油漆调整了楼梯与壁炉的颜色。"

连螺丝钉都不会拧的我只能诚心诚意地赞美："真了不起。不过虽说别墅居住舒适，但工作量太大，难怪很多老年人选择住老年公寓，省得维护麻烦。"

没想到这句话伤害了她。"我还没有老到那个程度。"她有些愠怒地说，然后大步流星地走进花园。此时正值傍晚，前院花开正好，正午有些耷拉的花朵又精神抖擞地绽放了。蚊子不要命地横冲直撞，砸得人脸生疼。

我不敢往园子里站，但 Rose 早已经习惯了蚊虫，随手摘下一片树叶为我示范如何赶蚊子，同时指着水源、各种花草一一讲解。这里本是一处接近荒废的院子，但热爱园艺的她用手把草拔掉，再用铁锹翻地晾晒土壤，然后把牛粪羊粪等有机肥混入土壤中，再开车去园艺店买来坚硬的石头，按照英国园林风格修建出小花园。

经过数年的精心打理，今日的花园已经草木芳菲。丁香、玫瑰、芍药、菊花、薰衣草、香草、薄荷……除了观赏，更多是为了生活需要：薄荷不仅可以驱蚊，还是每日早茶的必要食材；香草除了做蛋糕，泡澡的时候丢进浴缸里，香味比玫瑰还持久；薰衣草风干之后插入花瓶中，是她绘画时经常描摹的对象；至于香葱就更不用说了，每次做沙拉时，她多半连鞋子都来不及穿，赤脚跑到花园里摘几根，因为极其干净，都不用洗便直接丢进沙拉中……

这便是梦想中的田园生活，表面有多诗意，背后的工作就有多繁重。

"你在英国的新家有花园吗？"我问她。

"没有。"她摇头。

"那你会不会想念这个花园，以及这幢房子的一切？"

她笑了，神情有些黯然："当然会。但这就是生活，我们总要面对，不是吗？"

"不一定，"我轻轻说，"我知道你会在英国生活得很好，但是如果有一天你还会来渥太华做客，不用住旅馆，记得联系我，你还可以住在这里——你的房子里。"

她有些不相信地望着我，我微笑着向她点头。我看到泪水渐渐溢出她的眼眶，她张开双臂拥抱我："谢谢你，从来没有一个人这么对我说过。"

三

我并非客套。在我的理解中，房子不仅是港湾，还是桥梁，把所有相同的人渐渐连接起来。但 Rose 显然不这么想，或许她认为，房子是一座城堡，你不要进来，我也不会出去，我们各自灿烂。

我给她写过两封邮件，均没有收到回复。我再也没有见过她，只是听邻居说，这位老太太在很短的时间内几乎卖光全部家当，把绘画作品、钢琴及几件精致的收藏品打包，漂洋过海带回英国，开始新的生活。他们说，那是一个很有个性的老太太。

收房那天，人去楼空，整幢房子因为旧人的离去显得悲哀。厨房的吧台上摆着一个广口玻璃花瓶，里面用清水养着一朵从花园摘来的丁香花，下面附着一张用她的绘画作品印制而成的卡片。"这是一个美丽的家园，我在这里生活了好多年，相信你们也会收获幸福和健康的未来。"她写道。

还是那样的矜持、克制，有着显而易见的距离。但是，我更愿意相信她的拥抱，还有那一瞬间奔涌出来的眼泪。

Rose 的故事已经过去，如今我的故事才刚刚开始。窗外的风景每天都在变化，唯愿时光与风景常新。

成年人的相逢总是肆意尽欢，

作别后抖抖肩上的雪，

从此杳无音讯。

我为祖国代言 /

法国的冬夜：热红酒和旧大衣

◎ 张悦芊

　　法国的圣诞活动开始得很早。大约 11 月末，相邻的城市就把花花绿绿、金光闪闪的海报贴到了我家门口，于是我约了好友前去猎奇。我的居住地 Ville 虽然是城市，但放在中国，怕是连普通的乡镇都比不上。平日里跑步，一不小心就看见路标上写着另一个城市的名字。所以，我们决定步行去相邻的城市参加活动。

　　当然这只是一个达成共识的体面的借口。花欧元的日子总是很窘迫，1.5 欧元（1 欧元约合人民币 7.34 元）的车票我们虽然支付得起，却总会让人在换算成人民币后暗暗有几分犹疑。

简食

　　在法国，我们节衣缩食的方法真是数不胜数。

Ville 市中心有两三家中型超市，走路去极近，但我和吕雪琪是极少去的。我们常去的，是隔壁 Cusset 市的家乐福。那家超市极大，东西大多便宜一些。

家乐福每天都有不同的水果在打折，今天是 3 欧元 4 斤的橙子，明天就变成了新鲜的香蕉。春天时，一两欧元就能买到一小筐西班牙的草莓。

那时，我们的日子过得非常健康，高昂的物价迫使我们只吃应季果蔬。我爱极了鳄梨抹法棍，刚去法国的那个秋天，我每天都可以吃一条。后来秋意渐浓，货架上墨西哥进口的热带鳄梨还在，只是一个 6 欧元的价格我再也承担不起，遂放弃往日最爱，煮一把意面，拌番茄酱过活。

在家乐福的一个小角落，摆着一些冷冻的动物内脏，中国人喜食的猪蹄也在其中。牛心、猪肾等法国人从不正视的东西被堆在一边，贴着 0.99 欧元的价签。牛心可以炒菜，猪蹄可以用小火慢慢炖——很多个午后，我都挤在吕雪琪洒满阳光的床上，看她拿着一只勺柄看起来很烫的金属汤匙，缓缓搅动着锅里的猪蹄，就这样度过一整个下午。

旧衣

再探索，就是各国穷人都喜爱的旧货市场了。

有些贩卖破旧古物的店仍带有没落贵族的傲气，比如在巴黎最著名的几大旧货市场里，一个旧盘子都会标上有手写年份和价格的标签放在橱窗里，实在是无法圆一些穷游者的纪念品梦想。

这样的店在 Ville 也有很多，但我的朋友们在街角发现了一家真的很便宜的旧衣店。

朋友一开始不知道店里卖的衣服都是旧衣服，只看到许多外套的价格只有两三欧元，遂好奇询问店主货源。店主说："是一些店铺没有卖完的'尾货'。"后来，朋友又问起在法国生活了多年的同学，同学一语道破："当然都是旧衣服啦，只不过哪儿有店主好意思承认啊。"我倒总是大大方方地去逛，有时换季缺衣服，下意识想起的就是这家旧衣店。

在这家店里，可以看到许多很久之前流行过的款式。拉链稍稍磨损的美式夹克衫，缝着圆纽扣的过膝连衣裙，还有褐色的灯芯绒裤子。我在这家店最满意的收获是一件浅灰色的皮毛一体的大衣，拴着青色牛角扣的皮绳已经有点儿磨损，整件衣服非常厚重，拿在手里像抱着一头熊。

买下它我大概花了 15 欧元，它一下子塞满了我的箱子。我就这样穿着它和布鲁塞尔的原子塔合了影，也倚仗它在鹿特丹寒冬的风口里深夜狂欢。

我对它记忆最深刻的一幕是在圣诞节前夜。那时我买了一张廉价的清晨车票去德国，前一夜我到达里昂车站，没舍得住 50 欧元一晚的酒店，又被从夜晚关闭的火车站赶了出来，我就这样在公交站旁的凳子上坐了一夜。

深夜两点，在星辰渺茫的夜幕下，我或许是这条道路上唯一清醒的灵魂。

因为捉襟见肘的预算，我乘坐过无数次红眼航班和无座的夜车，但唯有这一次是真正暴露在寒夜里，只有这件大衣与我相依为命。

它包裹着我瑟瑟发抖的身体，为我抵挡寒风和黑夜渐深的不安。我不再像第一次为省钱而熬夜时那样愤愤立誓"再也不为几百块钱折磨自己"，大约是明白了生活中总会充满难以忍耐的窘迫，在转机出现之前，任何痛苦的呼号和不甘都只是徒劳，不如省下力气熬过这一段黎明前的黑暗时光。

那个夜晚，我在它的怀里一夜未眠，直到晨曦和那列向北的列车一起到来。

那个冬天我最习惯的气味就是大衣上经久不散的消毒水味。在弗莱堡黑森林山巅的烈风里，在苏黎世湖边的天鹅群旁，在洛桑雪山湖畔的余晖里，我缩在它安全的臂弯里时，总会禁不住猜想它原来主人的模样。

是能轻松扛起书籍和木箱的装卸工人，还是懒于装扮只想裹件大衣了事的高挑女郎？它是否曾去过挪威、瑞典、芬兰，甚至看过冰岛的极光，还是如现在一样，在数不清的寒夜里僵硬地睡去，又在新一天的清晨里苏醒？

在这样漫无头绪的遐想里，法国的冬天终于过去，而我也终究没能把它塞进那早已超重的行李箱里，它成为我唯一不知该如何处理的东西。

最后，我将它挂在了空荡荡的衣柜里，它还像第一次见面时那样，于衰老中带着拼命苏醒的坚挺和灰尘的颜色。

临走前，我放下行李箱拥抱了它，拥抱了我亲密的、散发着消毒水气味的友人。

新年

虽然跨过边界就已到达相邻的城市，但集市却在很远的地方，我们四个人走了一个多小时才看见热闹的人群。

有提着松果、松针、花环的女士快步走过，听完我们错误百出的问句，笑盈盈地指一指前方，说："C'est pas loin."（不远了）我们终于放松了，不再担心迷路，重新拾起逛集市的悠闲心情来。

小城市的圣诞集市热闹非凡，大约有足球场大小的空地摆满了摊位。寻常的饼干被裹上红绿条纹的奶油，放在好看的纸袋里；手工编织品的主角也一律变成了圣诞老人和驯鹿，那驯鹿仿佛正拉着雪橇神气地奔驰在雪原上。我们买了一块平常的苹果挞，大约是饥寒交迫的原因，它格外美味，我们一人一口吃掉了它，又去买了一块一模一样的。平日里斤斤计较的卡路里被抛诸脑后，节日就是要用巧克力酱淋华夫饼吃才够惬意呀。

我们站在炒栗子的小摊前，对着"3 欧元 10 粒"的价格怀念起祖国，转眼又被角落的"热红酒"标牌吸引过去。

天空飘下第一片雪花的时候，我们举起暖得烫手的纸杯，红酒的热气蒸腾着我们闪闪发亮的脸。

成年人的相逢总是肆意尽欢，作别后抖抖肩上的雪，从此杳无音讯。我们大约也明了这一法则，没人提及三天后的离别，仍然兴高采烈地对一切啧啧称奇。

"新年快乐啊！"

我们举起酒杯，看见雾气从杯中升腾起来，随后消失在雪夜里。

我在泰国教汉语

◎ 洋困困

在洛坤

由于各种不为人知的原因，作为志愿者来到泰国，直到参加赴任大会的那一天，才能正式知道自己被分在了哪个府、哪所学校。在赴任大会上，每个志愿者都会戴上名牌，站成一排，等着自己学校的泰国老师将自己领走。

虽然志愿者都希望被分在诸如曼谷、清迈、普吉之类的地方，但是大部分还是被塞进大巴、火车或者飞机里，奔向了泰国的各个角落。

我怀着对大都市曼谷的不舍，去了充满南部风情的洛坤府。

关于志愿者的住宿及工作条件，其实国家汉办跟泰国教育部已经达成了共识。

每个参与国家汉办志愿者项目的泰国本土学校，都必须保证志愿者的人身安全，保证办理保险，保证每人一间宿舍，宿舍内要配备的网络、空调或风扇等硬件设施也有相关规定。

但是规定之外的东西，就全凭运气了。

我赴任的学校属于公私合营的大学，学校教师的待遇在泰国排名前三，生活及工作条件也比较好。

我的宿舍是一室一厅的教师公寓，空调、冰箱、热水器等基本设施齐全；我有独立的办公室，图书馆里有两大书架的汉语教材，每个教室都有多媒体设备。生活方面，学校为教师提供了很多便利，比如说，在私立医院看病也可以全额报销，不用去公立医院跟人挤，我们往返机场，或者去其他府参加国家汉办的活动，也都可以申请学校的车接送。

唯一不便的是交通，我骑自行车所能抵达的最大商圈，就是7-11。

如果想买7-11之外的东西，都得靠同事开车代购。

其实这并不是什么大问题，毕竟，我有一群比我过得惨的小伙伴。

我的大部分小伙伴，分到的学校没有人懂中文，也没有人懂英文，学校没有任何多媒体设备，没有汉语教材。宿舍是蟑螂与老鼠共存的泰式木屋，有时候还会滑过一条蛇。厕所是手舀式冲水，有些宿舍根本没有厕所，有些则是男女共用厕所。

生活上最大的差异，大概是泰国人喜欢洗冷水澡，所以很多地方的宿舍都没有热水器。

作为合格的志愿者，在遇到难以接受的生存环境时，我们都乐观积极地去寻找过得更糟的小伙伴来互相伤害。

然后，就觉得自己还是过得挺好的。

泰国人是什么样的

这对我来说，是一个最难的问题。

在泰国一年，我遇到过总给我免单的裁缝店老板，总给我送很多水果的水果摊阿姨，也遇到过一碗面卖出天价的黑店。

我遇到过在双条车上为我让座的绅士行为，也遇到过拼命跟我说"telephone，sleep，sex"的嘟嘟车司机。

我有过帽子丢在涛岛的船上三天，船老板还能托卖票阿姨送还给我的惊喜，也有过去做中国文化展示活动时，熬夜做了几周的中国结和剪纸眨眼间就被偷走的经历。

所以，我不能以一句"他们信仰佛教，所以很善良"或者"他们利欲熏心，专坑中国游客"来概括。不过，就我所接触的人来说，还是带给了我一些与国内完全不同的感受。

其一是热心。

或许是因为我被分在了人情味浓的小地方，或许是因为我是外国人，也或许是大多数泰国人都质朴善良，泰国人不喜欢走路，所以当我一个人走在路上时，路过的摩托车或者私家车总会停在我身边，热情地邀请我上车，载我一程；当我的自行车出毛病时，路过的人们也总是会停下帮我一起修，如果修不好，便开三四十分钟的车，将自行车送到城里的修理店。

虽然是独自一人在异国，但是在洛坤的一年，我会很容易信任他人，心里也总有一种安全感，就是知道无论自己遇到什么麻烦，总会有人愿意帮助我。

其二是委婉。

就我和小伙伴们所接触到的泰国人而言，他们的为人处世就是尽量避免正面冲突，表现形式为：当我对你有意见时，我死都不会跟你说的。所以他们基本上不吵架，他们只是……酷爱聊天。

比如说，我们系的两个老师彼此有些误会，她们跟所有人表达了对方有多么可恨，并且分别在 Face book 上写出了自己的不满，从学生到校长都知道她们不和，但是她们彼此见面还是笑意盈盈，聊天气，聊人生，就是谁都没办法主动开口去谈一谈那个误会。

真能把人急死。

比如说，南部某学校的主任，看见一个老师穿的白裙子有些透，在阳光下，都可以看出里面内衣裤的颜色，于是她告诉了数学老师，数学老师告诉了英语老师，英语老师告诉了美术老师……但是所有人都不知道该怎么告诉这位穿白裙子的老师。总之，全校的人都知道白裙老师的内衣裤颜色了，只有当事人还浑然不知。

再比如说，我有个小伙伴，她的主任对她非常有意见，但是依然对她热情友好，没有一丝不满的意思，小伙伴还以为自己表现得可优秀了。

那么，她后来是怎么知道主任对她不满的呢？

因为主任在 Face book 上加了她的男友，跟她的男友表达了一下，该志愿者有多么让人受不了。

我的泰国学生

泰国是个非常尊师重教的国家。

他们每年都有隆重的拜师节，听说几乎每个参加过拜师节的志愿者，都会湿一次眼眶。

我第一次感受到学生对老师的尊敬，是一个学生来讲台前找我问问题。当时我是坐着的，她就直接在我身边跪下了，当时吓得我差点儿跟她对拜。

后来我才知道，当老师坐着时，老师身边的学生，为了表示尊敬，不能站着，都是跪下的。

不过泰国学生的有趣之处在于，他们极为尊敬老师，不顶嘴、不生气，会卖萌，又乖巧，但同时，他们也会在快乐学习的氛围下，迟到、缺勤、不写作业、不参加考试。

泰国倡导快乐学习，因此，被分在不重视汉语课的中小学的志愿者就比较可怜。上课时教室经常空无一人，考试时一半人不来，即使考前告诉了他们答案，依旧会有人得零分。

因为不能打不能骂，劝说不听，学生考试不及格就必须安排补考，无论补考几次，一定要补考到他考过为止。

如果补考太多次不过，校长还会找老师谈话，理由是这样一直不过，打击了学生的自信心，作为老师，应该帮助他们。因此，补考到最后，常常是罚抄两组生词作罢。

虽然我是在要求较为严格的中文系，也因为学生的学习态度问题而数次在课堂上冷了脸。

但即使有再多的生气、沮丧与失望，我也依然要说，我的学生是我在这个国家遇到的最好的礼物。

如今的我，回国后来到了新的城市，找了一份跟教师完全没有关系的工作，每天朝九晚五地上下班，好像一切都步入了正轨，但我仍然常常想起他们。

我会想起，每次晚上下课后，七八个骑着摩托车的学生护在我周围说："老师，天黑不安全，我们送你回宿舍。"

我会想起，在我生气后，他们用磕磕巴巴的汉语给我发信息："老师对不起，你教我们说汉语，那么辛苦，我们还没有好好准备，我们跟你道歉，对不起。"

我会想起，他们一遍一遍地跟我说："老师，谢谢你来泰国，谢谢你。"

我会想起他们为了带我认路，在大太阳下一遍一遍陪我走的样子；会想起他们期待地要我教他们包饺子时的样子；会想起他们撒娇央求我考试简单一点儿时的样子；会想起他们彻夜跟我聊失恋，聊偶像剧的男主角与漂亮姑娘时的样子；我甚至想起了他们初次见我时，在办公室门口探头探脑害羞的样子。

想起来，初次见面，还是 2015 年 5 月。

他们笑嘻嘻地伸出手，问我："老师，五减二等于多少？"

"等于三啊。"

"不是啊老师，五减二…… 等于'我爱你'。"

——"老师，我们爱你。"

想不到中文词更让人感到孤独，

就好像回到了久违的家乡，

但再也没有认识的人了。

我为祖国代言 /

语言的孤独

◎ 米 周

一

一位同事的女朋友是日本人，有一次一起聊天，她说她最喜欢的日本作家是 Murakami Haruki。我不知道他是什么人，就把话题转到了别的上面。直到有一天我去逛书店，看见书架上正在销售 Murakami Haruki 的《1Q84》，我才恍然大悟：她最爱的作家是村上春树。第二天上班，我急匆匆地跑去找那位同事，兴高采烈地让他帮我转告他的女朋友，我最爱的日本作家也是那位 Murakami Haruki 先生。然而，我的这位同事显然不能理解我找到语言之桥的那种快乐。

在《圣经》里，人们说不同的语言是从建造巴别塔开始的。在那之前，所有人都说着同样的语言。直到大洪水过后，人们打算建造一座城市和一座高塔。这触怒了上帝，于是上帝让人们说不同的语言，彼此无法交流，也就不能继续建造巴别塔。写出这个故事的人一定和我一样，感受过语言的孤独。语言的孤独有着不同的层次，层次越高越孤独，而且越难治愈。

最初级的语言孤独，是在一个完全陌生的环境里，根本不会说或者只会说一点点当地的语言。这时候产生的语言孤独，和语言关系不大，更像是一种纯粹的孤独。比如当我到波兰旅行，我不会讲波兰语，而波兰人又不怎么讲英语，所以基本没法和当地人交流。打开电视，所有的节目我都看不懂；坐在餐馆里，所有的菜谱我一个字都不认识。这种孤独感其实比较好克服。你走你的阳关道，我过我的独木桥。有时候甚至还有些乐趣在里面。比如想去火车站不知道该怎样讲，就模仿火车进站的声音；想吃牛肉不知道怎样讲，就在头上比画出两个犄角。在这种情况下，即便做错了事，也可以赚取同情，得到理解。

二

第二阶段的语言孤独藏在文学作品里。这时候，就没那么好玩了。

我刚刚看过三岛由纪夫的《春雪》。虽然我被里面美妙的爱恋所打动，但仍然觉得，三岛由纪夫、芥川龙之介和川端康成这些日本作家，虽然行文流畅，但有时让我觉得不过就是堆砌辞藻罢了。作品有时似乎衔接得并不是很好，少了一些穿针引线的东西。直到前两天，我在豆瓣网上看到一位旅居日本的网友写的一段话，他说"夏天结束了"在日语里面并不仅仅表示夏天终结的意思，更有可能是在说"恋爱结束了""童贞失去了""女孩子月经初潮了"，或者说"一切全都完了"。看到这里，我猛然想到《春雪》。小说开始不久，清显带着本多和两位暹罗的王子去度假。其间三岛由纪夫写到了清显对聪子的思念与误会，也写到了两位王子对情人的思念。章节结束时，末尾一段赫然写了五个字：夏天结束了。

原来，三岛由纪夫很早就埋下了草蛇灰线，预示了清显与聪子的爱情悲剧，甚至在此一箭双雕，顺带连两位王子的命运也一并做了交代。只可惜我读的是中文译本，自己又不懂日文，读到"夏天结束了"，就当真以为只是说夏天结束而已。

这不禁让我想到，《春雪》这本书中，到底还有多少被译者抹杀（当然有时并非译者的错）的细腻心思，不得被我所见？而我读过的所有译文中，又有多少是我真正领略到了文学作品的趣味，而不是仅仅读了一个故事呢？

第二阶段的语言孤独，阅读译文的读者无疑能感受得到，然而更大的孤独感应该来自作者。我的美国同事得知我出过几本书，都说要看。但得知只有中文版本的时候，他们的态度便由些许的敬佩转为了一种调侃——"哦，所以你才敢告诉我们吧？""我可是有朋友懂中文，你不要骗我们啊。"每当这时候，我更同情的是那些生来就只能用小语种写作的作家。我熟悉的作家大都来自英美，除此之外，也有法语、西班牙语、日语、德语这些大语种的作家。对于斯瓦希里语、僧伽罗语、阿尔巴尼亚语，我似乎想不出使用这些语言的文学家。有些语言甚至都没有专门的译者，比如我读过的一本冰岛诗集，是中文译者参照着英译本翻译过来的，而那个英译本，又是英国译者根据瑞典语译本翻译过来的。一首诗被倒了三次手，才从作者到读者。

三

语言孤独的第三阶段，出现在当你了解一门语言之后。

上大学那会儿，我在法国，由于有语言环境，我的法语一度突飞猛进。我曾经觉得，我的法语如此之好，以至于我好像窥探了身边所有法国人的秘密。然而一门外语，无论你说得多么好，它总是会在某个时刻给你出一道难题，明确地告诉你，它并不属于你。

我在读大学时参加了一个戏剧社，每周上课的时候，老师都要让同学们即兴表演话剧，我是这门课上唯一的外国人。有一次，我们在表演一个类似于法院宣判的场景，我的角色是法官。被告人是一个年轻的寡妇，杀了酗酒家暴的丈夫，因而必须被判刑。根据剧情设定，我要在宣判之后对寡妇说一句类似"实在抱歉，我也无能为力"的话。

那句台词是 "Je suis impuissant"，而我当时因为紧张，一时间忘了这句台词，便临时想了一句 "Je peux rien faire"。对我这个外国人来说，这两句话表达的意思是一模一样的。

表演结束之后，老师总结说，在台上最好不要轻易改台词，比如 "Je suis impuissant" 的话外音是"我不想判你刑，但法律如此规定，我也无能为力"，但如果改成了 "Je peux rien faire"，就有些敷衍的意思，好像在对人家说："我什么都做不了，就这样吧。"

我当时坐在台下，心里无比委屈——我怎么能知道这两句话在法语里会有这么微小的差别呢？我是外国人啊！但我的心情没办法和任何人说，因为不会有人懂我的。

这种事情发生的次数多了，就会让你觉得有一种孤独感。那门戏剧课，我后来再也没有敢随意发挥过，每次都要付出十二分的努力记住每句台词，也因为如此，我觉得它不再有趣，那个学期之后再也没有去过。

四

语言孤独的最后一层，是当你在外面转了一圈，体会了所有的语言孤独之后，回到家乡，说着自己的母语，却忽然因为想不到某种表达方式，而被卡住的时候。

我在美国工作，周围的同事都是美国人，我最长一段没讲中文的时间，差不多有两个月。到后来，不知道是不是我脑子里面主管语言的部分感受到我的母语快要丢失的压力，我会在说着英文的时候忽然蹦出中文词语。我当时说得非常流畅，以至于自己并没有反应过来，但是我的同事提醒我，说最近我总是讲一些奇奇怪怪他们听不懂的词语，我才察觉到。

这种情况反过来更可怕：你明明知道你说的英文是什么，却想不到对应的中文。

我工作中有很大一部分内容是在会上向别人做presentation，形式一般是用PPT，花半个小时，向对方讲明白自己在做什么，需要对方提供什么帮助或者反馈。有一次，我正在准备一个很重要的presentation，家里打来电话，我妈问我在做什么，我说："我在准备一个……"我妈不懂英文，显然不能跟她讲presentation，但应该用中文里面的哪个词代替呢？演讲？报告？汇报？演示？最后我选择了"汇报"。所以，在我妈的印象里，我每天忙的就是向上级汇报工作。

想不到中文词更让人感到孤独，就好像回到了久违的家乡，但再也没有认识的人了。

我曾经想，如果将来我有小孩，一定让他们从小掌握三种语言，这样也许就不会像我一样，体会到如此多的语言孤独。但仔细想想，语言不过就是一串音节、一组符号，本无意义。不同地方的人赋予其意义，并自得其乐，本是一件美好的事。就像出门远行一样，既然有勇气跨过一座座横跨溪流的桥，就别怕有孤独陪伴远行。

去语言不通的地方旅行更有趣

◎ 叶酱

对于出国自由行这件事，部分人最大的恐惧来源于"语言不通"。

想象一下，当你孤身一人在谁都不认识的陌生国度，谁都听不懂你想做什么、要去哪里，这种被全世界抛弃的孤独感真是令人不寒而栗。

有一次带父母去海外旅行，需要他们从国内坐飞机去伊斯坦布尔和我碰头，中途得在阿布扎比转机。

老爸提前两个月就开始看航站楼的地形图，研究网上各种"菜鸟"转机攻略，还特意开通了全球漫游，把单词"transfer"（转机）"Istanbul"（伊斯坦布尔）认真抄写在小纸片上，生怕带着我妈一起迷失在阿布扎比。

后来，他偷偷跟我说："不懂英文太惨了，飞机上我明明想喝啤酒，但是不会说，只好随便一指，结果空姐给了我一杯苹果汁。"所幸，他们最后顺利抵达了伊斯坦布尔的阿塔图尔克机场，一路上还兴奋地跟我分享问路、找登机口的曲折经历。

然而，有时候，对当地语言的熟练程度和旅行的有趣程度是成反比的。我很早以前就已经丧失了在日本"旅行"的兴趣，出行大多是为了赶赴某家好不容易预约到的餐厅。

是的，我能够看懂所有的指示牌，清楚复杂的铁路换乘，甚至还总在街上被日本人问路。结果是，这旅行来得太顺畅、太容易，也太无趣了。

的确，有朋友羡慕我可以和大厨畅快地聊天，更深入地了解料理背后的文化，而不是像哑巴一样闷头吃。但我陷入了另一场虚无——那股内心渴望的在异国旅行的新鲜刺激感，完全不见了。

为什么去语言不通的地方旅行更有趣

对于愿意认真去定义"旅行"的人来说，全部被人安排好的跟团游，让我们像是行尸走肉，我们更享受旅行中的参与感和个人成就感。

因为无法交流，那些平时轻而易举就能办到的事，会难于登天。

我在济州岛就感受过一次。我想在海鲜市场里买几只鲍鱼做刺身吃，然而找遍所有摊位都没人会英文。摊主大多是有点儿年纪的本地人，我挖空心思使用肢体语言表演了好几回，还是大眼瞪小眼。

最后，好不容易捉到一位会说点儿日语的韩国大爷，才把事情说清楚。买这几只鲍鱼花了我一个多小时，不过吃起来格外鲜美。

在俄罗斯，当我信心满满地用英语向金发碧眼的小哥问路时，对方却甩过来一堆俄语。

和想象中大相径庭，俄罗斯的英语普及率非常低，尤其是在圣彼得堡和莫斯科以外的地区，连每天和无数背包客打照面的旅舍老板都几乎不会一句完整的英文。

在新西伯利亚和叶卡捷琳堡的那几天，我感觉自己生活在一个真空和失语的世界当中，仿佛是隔着电影幕布在观察身边的风景和人类。

最可怕的是，俄语用的西里尔字母，有些跟拉丁字母长得完全一样，却对应着另一个，比那些完全看不懂的梵文、韩文更令人崩溃。

每次坐公交车，对于我和售票员都是一场严峻的考验。俄罗斯的车票大多按里程计费，站名也全是俄文，好几次手舞足蹈半天，到快下车时都没明白到底该付多少钱。若遇到热心的年轻人，便会默默打开谷歌翻译，磕磕巴巴地蹦出一句"where are you go"，才终于解决了世纪难题。

在这个全民不屑于学英语、说英语的国家，我却在开往西伯利亚的火车上和几位大叔聊了几场不知所云的天。他们和我一起偷喝了半瓶伏特加，分享了甜点、莳萝土豆和烤鸡，而我则给大家尝了从中国带来的枸杞。最终，我都没能让他们明白这来自东方的神秘红色小干果是什么。

自带"尝百草"的神农气质的我，不论是在俄罗斯的火车上，还是在印度和柬埔寨的街头，凭着好奇和各种手势，竟然尝遍了各种小吃。

所谓异国情调，就是即使当你发现周围的字一个也不认识，别人的话一句也听不懂时，还是可以分享美味佳肴，彼此传递心意。

现学现卖，一样可以顺利通关

但是问题来了，若真碰上要买车票、改班次、问价格、找不到路的紧急情况，可不是靠着打几下手势就可以搞定的。

我在旅途中遇见的日本背包客，一定是人手一本当地语言的谐音小手册，在斯里兰卡跟人讲僧伽罗语，在摩洛哥讲阿拉伯语，只不过学了几个非常简单的句子，就十分有用。

虽说去一个自己不熟悉的国家旅行更有乐趣，但我也不赞成毫无了解地瞎打瞎碰，影响行程不说，还可能给自己带来未知的风险。

其实，你可以现学一点儿本地语言，即使是最简单的"你好""谢谢"，也容易让当地人对你产生好感。

在缅甸，我逢人就喊"鸣个喇叭"（缅语"你好"），还涂了满脸的檀娜卡，尽管被路人笑，但大家反而会放下戒备心，觉得你只是个可爱、好奇且无害的游客。

如果是在中东那些自由行高难度国家，恐怕还要死记硬背一些文字。比如埃及，数字全部采用阿拉伯文，而非我们熟悉的阿拉伯数字，连餐厅的价目表、公交车的线路都是这种奇妙的文字。而且阿拉伯文还得从右往左看，如果不懂就会寸步难行。

于是，我每天上街的一大任务就是盯着汽车车牌背数字，一个月下来，我就能用埃及当地口音的阿拉伯语跟小贩讨价还价了。

在印度就真没辙了，只好学习晃脑袋，对人笑一笑，反正天大的问题在印度也不是问题，都要靠运气。

另一种我常用的手段是事先依样画葫芦记下来。有人会说，直接给人看地图或者用翻译软件不就好了。当我遇到 N 个即使颤颤巍巍拿出老花镜都看不清谷歌地图的巴士司机之后，直接放弃了这些高科技手段。翻译软件也很鸡肋，还不如回归最原始的办法。

在俄罗斯买火车票的程序实在繁复，和容易恼怒的售票员一通鸡同鸭讲后，对方可能会直接忽略你。最好用俄文将班次、铺位、起点、终点、人数等信息一股脑儿写在纸上，直接往窗口一递了事。否则，按照俄罗斯人的效率，你可能到第二天都买不到票。

还有一点，无论是搭飞机还是坐火车，记得留意看起来像在当地工作的中国人，他们一般会讲当地语言，还有不少门路。

我曾在乞力马扎罗山下的小机场弄丢了行李，全靠邻座会斯瓦希里语的浙江小哥帮忙才找回来；而在印度，极其难买的电话卡，也是由一位在印度工作的四川大哥找人帮忙搞定的。

最后我想说的是，打败所有小怪兽的利器，归根结底不过两个词：勇气和耐心。

如今，连一个字母都不认识的老太太都在背包环游世界，你一个至少会几句英文的年轻人，有什么好怕的。

你居然也做代购？！

◎ 任盈盈

一

那天下午，我受邀去渥村小姐妹 Amy 家喝咖啡，见面时居然吃了一惊。

这家伙刚从多伦多度假回来。整整一周的复活节假期，她把老公、孩子全抛在婆婆家，自己则像个购物狂般奔赴各大商场和奥特莱斯（特卖场），每天通过微信的"朋友圈"发布大量奢侈品包包和衣服的照片，为国内朋友们代购。我本以为整天打扮得像花蝴蝶一般去商场购物是一件极其享受的事情，哪想到这家伙居然满脸大包，还有两只熊猫眼，声音也嘶哑了。

别说咖啡，就连白开水都没有，Amy 随手拿个玻璃杯在水龙头下接了杯水递给我，然后坐下来疲惫不堪地大喘气。

　　我惊讶坏了。这个生于 1980 年的南宁姑娘远嫁加拿大七年多，和老公语言不通，和加拿大的极端天气水火不容，却生了两个孩子，换了三套房子，修了两个菜园子，从哭着分不清酱油和醋到现在能轻松烤出美味泡芙和各式西点……在我看来，她简直是个"无坚不摧"的中国女超人。无精打采成这样，倒是太阳从西边出来了。

　　Amy 解释说，全是代购惹的祸。

　　Amy 做代购快 3 个月了，生意不错。这回去多伦多，因为那里品牌多、折扣力度大、快递方便，这一个星期的假期，她基本 24 小时连轴转。白天跑各个打折店扫货，晚上和国内买家用微信联络，饭不做了，孩子不管了，就连觉也不睡了，天天盯着手机。以至于她好脾气的加拿大老公愤然宣布："这不是度假！下一次，请不要带着你的工作和我们度假！"

　　我忍不住大笑起来。但是话虽如此，Amy 的眼睛却炯炯有神，一向爱抱怨的她不仅不抱怨了，反倒细数起加拿大的种种好，比如民风淳朴，商家众多，东西便宜，退换货容易……抱怨了七年，她突然像变了一个人般，开始享受加拿大的一切了。

　　我的内心开始"蠢蠢欲动"。

　　截至今天，我已经来到加拿大整一年了。按照移民心理学来讲，我已经度过"兴奋期"，进入"迷茫期"。毕竟四季风光已经领略，再美的自然风景天天见也只是寻常，想到置身于异国他乡的人生定位与方向，我不知所措。

我突然说："要不我跟你学做代购？"

Amy吓了一跳。要知道，我一直看不起代购，觉得它既没有技术含量，又没有国际范儿，完全上不了台面。但是整天坐在香薰室里听音乐、喝茶、灵修才叫文艺吗？难道成天讨论天使投资、众筹才算"高大上"？说实话，我对这样的生活方式厌倦已久。

二

还记得那个傍晚，我缩在房间角落发布第一组COACH女包的照片。不过几十个字的微信文案，我却反复写了近一个小时，写得满头大汗、面红耳赤。按了"发送"后，我羞愧得几乎要躲进被窝，生怕被人发现。

令我意外的是，代购消息发布到"朋友圈"，反响居然很热烈。有些朋友好奇地问价，更多的朋友则问我为什么做代购。最好玩的是一个高中同学，许多年没见面，也没联系过，他居然回复："发生什么事了？缺钱吗？需要支援不？"

朋友们相当"给力"，不到两个小时，便卖出了五个包包。只是老公下班后帮我算账，发现我居然忘了计算13%的购物税，之前的略有盈余立刻变成亏损。但这可是我人生中第一次自己做生意挣钱而不是靠单位发钱，这足以令人振奋。

接下来的一周，我也变成了购物狂，每天奔走于各大商场与折扣店之间，收集优惠券和打折信息，一听到哪里有清仓，赶紧杀过去扫货、拍照片。加拿大绝对是购物者的天堂，所有商店都是至少 30 天内无条件退换。有一次我在沃尔玛给女儿买连裤袜，回来拆开试穿后发现小了，于是抱着试试看的态度去退货，连连道歉："不好意思，我的孩子试穿了。"可是负责退货的大姐居然反问我："如果不试穿，你怎么知道合不合适？"

正是这种绝对信任的商业态度催生了大量的中国代购。大家看到畅销款先买回家，反复拍细节图，然后放在"朋友圈"，如果无人问津，那就过两天再退掉，一点儿损失都没有。

三

Amy 说做代购第一次会感觉羞愧，但渐渐就习惯了，甚至会上瘾。做代购一个星期，我的人生来了一次彻底洗牌。

我无心"享受当下"了。我不再看花，不再看天边像水彩画般的云，不再看小松鼠、小野兔在后院里跑来跑去，不再烤饼干，不再烧排骨，甚至连孩子的睡前故事也懒得读了，而是天天耗在手机上。

Amy 也一样。她不再邀请我一起研究如何做鱼丸，如何烤蛋糕，不再带孩子一起去图书馆听故事，每每我打电话过去，接电话的总是她的加拿大老公："我不知道她在哪里，她购物去了。"声音有气无力，无可奈何。

有一天，老公找我谈话，说如果我再做下去，家里的房贷都还不上了。我大吃一惊，连连抗议，我明明在赚钱啊！

老公拿着计算器让我算账，可完全是一本糊涂账，所有的购物发票东一张西一张，所有的报价也都颠三倒四，有的忘记加运费了，有的忘记加税了，而汇率一直在涨，今天有利润的明天便是亏损，而且国际转账还要收高额手续费……

我听得傻了眼。

这还只是小事。痛苦的是，我的"朋友圈"正在发生微妙却深刻的变化。我突然发现我看不到有些人的更新了，突然发现我跟一些朋友说话再也收不到回音了，突然有朋友直接评论我的图片："干吗啊你，天天放毒吗？"

也有一些朋友热烈捧场，一些十多年不怎么联系的老同学联系密切起来，我们每天互相关注更新，而且经常闲聊家常，当然也有一些新朋友加入。

而多数远离我、拉黑我的都是曾经可以"灵魂对话"的知心闺密们；积极捧场、密切关注的，多是多年不联系的老同学、老乡。这个发现令我吃惊。

或许，关系越珍贵密切，越不经摔，无论爱情还是友情。

四

周末的傍晚，我去快递公司发货。那里居然是一幢非常气派的花园房，偌大的客厅里，堆满了各位代购从超市、餐馆等处捡来的纸箱子。国外快递公司不同于国内，任何一个环节都要收费，于是大家都四处捡箱子、找材料，能省则省。

快递公司的老板是一位 50 多岁的中国女人，非常精干，手脚麻利地帮大家打包。屋内飘荡着上好的铁观音味道，精美的红木家具摆满整幢别墅。她从福建移民至加拿大已经近十年，从去餐馆打工到如今挣下两幢花园房，自己开着两家中餐馆，同时兼做代购与国际快递工作。她唯一的女儿正在本地最好的大学里读精算师专业。

女人解释说："自从来到加拿大之后，一直都在干活，干惯了就无法停下来。其实早已经不需要努力挣钱了，但是如果不做事情又会觉得空虚无聊，所以才会这么辛苦。"

我问她："累不累？"

"当然累了！"女人说，"可是如果歇着养着，反倒更累！"

"为什么不去享受生活？其实你早已经实现了经济自由。"我有些不解。

"怎么享受呢？天天逛街、做美容、修指甲、泡温泉吗？我觉得太没意思。"女人笑了，"我宁愿做个小小的代购和快递员，帮国内的亲朋好友买点儿便宜货方便大家。"

我真心喜欢上了这个女人。她不会谈梦想，不会谈心灵，不会谈云山雾罩的宗教哲学，不谈成千上万的股票、天使投资……如同与你擦肩而过你都不会多看一眼的快递员，如同那个对着你直叫"亲"，但你却连"谢谢"都懒得给的淘宝卖家。

　　可是他们也有自己的体面人生，勤奋的，踏实的，努力的，真诚的。我甚至觉得，他们不见得比我曾经采访过的名人、明星逊色多少。

　　如今，"微商""毒面膜"来势汹汹。我不知道在我的"朋友圈"里，还有多少朋友会离开，又有多少朋友会走进来，我更无法预测小小"朋友圈"将会营造出一个怎样的人生大宇宙。但是，我为曾经的傲慢羞惭不已，也为脚踏泥土的感受安然欢欣。

我一边听一边想，
实在是太难听了。
但回过神来时，
我已泪流满面。

我为祖国代言 /

一首甜美的短歌

◎ 张悦芊

　　我的东欧之行始于一张不到二十欧元的廉价机票，从巴黎到华沙。

　　四月，春假的第二天，我拖着一只巨大的行李箱辗转来到巴黎，又搭顺风车来到郊外的机场。暮春时节，似乎整个欧洲都在下雨，但这并没有影响飞机上乘客的心情——在欧洲搭乘廉航仿佛坐公交车，永远都是吵吵嚷嚷的。

　　当窗外出现一片片绿意盎然的田野时，我意识到，波兰近在眼前。

一

　　前一天去青旅放行李的时候，一进门就看到一个小哥躺在床上，看他在玩手机我就没说话，朝他笑了下，继续低头收拾东西。

叠到第三件衣服时，小哥问道："你从哪里来呀？"

于是，本打算重温下《辛德勒的名单》的我，和小哥窝在青旅大厅的沙发上乱侃起来。

小哥名字里有个"Min"，所以当他问我他的名字用中文怎么说时，我敷衍地说："就叫你小明吧。"他非常开心地把"小明"二字抄下来，然后发在了 Face book 上。

小明在华沙上学，这学期来克拉科夫实习，找到房子前先在青旅过渡一下。他是个很厉害的程序员，现在在微软的 X-box 实习。虽然小明今年才大二，但已经做出两款在 Google Play 上架的游戏了。后来，我和朋友们分享他做的游戏，一群人沉迷于这个类似"开心消消乐"的游戏无法自拔。

我们天南海北地聊，聊到午夜，考虑到明早他要上班、我要去玩，于是决定去睡觉。

小明的床铺正对着我的，我看他上床后还在发信息，正打算翻身睡去，手机开始震动。

小明发信息说："'我喜欢你'用中文怎么讲啊？"

我回复："我喜欢你。"

小明发来一个又蠢又大的笑脸表情，还有一句从谷歌翻译软件上复制来的："我也是。"

不知怎么的，那晚我睡得很甜。

二

第二天我送小明到车站，他说下班后要带我四处逛逛，我说好，然后从老城广场出发，四处溜达。

前一天我经过了一所名为雅盖隆的大学，校园里人来人往，但非常安静，有好看的红墙和对称的拱形圆柱。

于是，今天我再次来到这里，并走进学校内部的博物馆一览其详。博物馆的顶部画了蓝天白云，一层长廊上的壁画，笔触看起来很稚嫩，但和阴天的灯光在一起相得益彰。

逛完一圈走出校园时下起雨来，我躲在学校外面的屋檐下避雨。忽然，手机连着震了好多下，拿出来一看，是小明发来的。

他问："晚上去哪里找你？"

我想了想说："就在'大头'那里吧。"

这并不是什么黑话，而是我唯一能叫上名字的地标——没错，那时候我还没记住圣玛利亚教堂的名字，也不能大概说出某个广场，唯有前一天导游说到的"Big Head"记忆深刻。

那个"大头"似乎是某位克拉科夫先锋艺术家的作品，被安置在克拉科夫市中心的广场上。

小明说："好啊，我五点半下班，六点的时候我们在'大头'那里见吧。"

雨小了一些，我赶往约定的地点。路上，我忽然想到，这样老派的、定好时间地点的见面方式已经很久没有过了，大约只在初中没有手机的时候会这样口头约定，再后来都是靠微信实时定位。

路过一家陶瓷店，里面零零散散摆着许多小玩意儿，我挑了两只杯子，又看到一只蓝色的小鱼挂件，打算买下来送给小明。

送这个礼物给小明是因为昨天聊天儿的时候说起我的记忆力不太好，而中国有个说法是金鱼只有七秒的记忆。

他说："啊，那你是真的很像鱼。"

我在旅途中时常遇到不同的人，有的活泼健谈，整个旅程都在说话；有的沉默寡言，其实内心有趣、生活丰富多彩。他们给我的感觉，无一例外都是稍纵即逝的。

年少时不懂萍水相逢就该微笑作别，总对一些注定要分别的人念念不忘。

没有人教我该如何辨别注定只是嬉笑一场、明朝就离去的人和一生知己，只是这样不愿松手而狼狈挣扎的时刻多了，就慢慢习惯将新遇到的人都假定为他们即将离开。

但我依然隐隐期待在那些类似灵魂撞击的相遇里，能有一些持续得久一点儿的羁绊。

即使是健忘的我，也还是想让不那么健忘的你，多记得我一些啊。

小明看到我拿出小鱼挂件时有点儿纳闷，我稍加提示，他便高兴地反应过来，非常亲热地推了我一把。我被他推得往后退了几步，咧咧嘴，心想："他要是会中文，应该要说几句'厉害了''666'

吧。"

天色尚早，我问他："你要带我去哪里逛啊？"

他脸上闪过一丝得意、神秘又期待的神色，用右手牵起我，然后用左手指指天说："哪里都不去，我们向上走。"

我并不知道，"大头"后面窄窄高高的塔是可以爬上去的。

顺着十分狭窄而陡峭的楼梯攀爬上去，每一层都有不同的展示内容——这里仿佛是一个纵向的博物馆。

到了塔的顶端，景色一下子开阔起来。

我向来喜欢登高，喜欢站在高处俯瞰城市，俯瞰万家灯火明明灭灭，汇成蜿蜒的长河。

但在真正俯瞰克拉科夫时，我还是惊叹了一下："这就是我用整整两天走过的城市啊！"我几乎路过了它所有的建筑，走过了所有的街道，在飘着雨的清晨、午后和傍晚，仰望它的恢宏、精致或奇幻，而今天我站在云端俯瞰这座城市，换个角度，它们依然这么美。

三

我就这样趴在窗前拍照，探头探脑，又发了很久的呆之后，忽然发现小明也一直没有说话，只是看着我。我有点儿不好意思，又不想显得太刻意，于是搜肠刮肚地想出一个有关波兰的话题打破尴尬："你读过辛波斯卡吗？"

他摇摇头："好像听说过这个名字，她有什么有名的诗吗？"

我想了想："有一首《企图》我很喜欢。"

我从包里掏出日记本，翻到前几页。大学的时候收到友人赠予的一本《辛波斯卡诗集》，很喜欢这首，就抄在了日记本里。

我绞尽脑汁逐行翻译给他听：

哦，甜美的短歌，你真爱嘲弄我

因为我即便爬上了山丘，也无法如玫瑰般盛开

只有玫瑰才能盛开如玫瑰，别的不能。那毋庸置疑

我企图生出枝叶，长成树丛

我屏住呼吸——为求更快蜕化成形——

等候自己开放成玫瑰

甜美的短歌，你对我真是无情

我的躯体独一无二，无可变动

我来到这里，彻彻底底，只有一次

我们在塔顶聊天儿合影的时候，小明和我说了很多过去和未来的事情，谈到了他的上一任女朋友、爸妈的职业，甚至还有大一的平均分，畅想了关于未来的职业、生活和他想用自己的力量改变一些现状的坚持。

我一直在想，这些话要是别人说出来，我一定早就在心里默默吐槽了。他为什么这样傻、这样天真，为什么要告诉我这些啊？而我竟然每一句都听了进去，并且都给了"好棒""很好啊"之类的正面反馈。

　　我们说了很多对未来的畅想，最后当我们走到塔楼入口处时，他忽然看着我的眼睛说："以后的生活，要是你在就好了。"

　　那时，我刚好翻译到《企图》的最后一句："我来到这里，彻彻底底，只有一次。"

　　我开始艰难地向他解释我现在的想法，断断续续说了很多我也不知道他听没听懂的句子。我说："小明同学啊，我当然喜欢你了，我喜欢你半夜聊天儿时还给我泡茶、拿饼干，我喜欢你做的游戏和满屏我看不懂的代码，我也喜欢你对未来的畅想，尽管已经很久没人跟我说过这些话了。可是我们只是萍水相逢啊！明天一早我就要去布拉格了，我们可能再也不会见面了。"

　　他听着我讲，没有说话，忽然靠近我，轻轻地吻了我的额头。

　　我没看他，转过脸，吻了他的唇。

　　后来他说："我以为你那么说，是在拒绝我。"

　　我说："可能是吧，但我现在意识到，假如我因为明天要走就和你分开，我可能会后悔一辈子。"

四

　　第二天清晨，我依旧坐上去布拉格的汽车，开始了在捷克、匈牙利、斯洛伐克和意大利的旅程。

　　回到法国之后，我们仍然每天聊天儿、一起远程看电影，为一些大大小小的事情咯咯笑个不停。

　　五月的时候我本想去波兰看他，但突然身患恶疾，难以成行，遂没有再见。七月时知道他来年可能来天津做交换生，还帮他填了中英双语的留学生申请表，但他因为成绩不够好而落选，继续在华沙读书。

那时的我已经在北京。收到他的信息的时候，我心想："要是你能来，多好啊！"

我们依然断断续续地联系着，在视频这端我看到他搬了新的公寓，也看见他在 Face book 上发布了他的又一款游戏，并在 Google Play 上架的消息。前两天他和我说，准备和朋友一起搞一个创业项目，明年二三月可能要去硅谷。

我说："好啊，到时候去看你。"

我后来想过很多次我在塔楼上读的那首诗，我觉得他没有改变我，我们只是在某个微妙的时刻达成了和解。

对于我们分别后所有的期待都是真的，但谁都没有被期待改变方向，也不为期待落空而过分失望。

他的出现让我意识到，离别是所有同行者的必然结局，但若因此畏首畏尾就太愚蠢了。

你来到这里，只有一次，但这一次遇到的冒险、美好和爱，都是真实的，都值得为之疯狂。

期待你——这件事本身，已经足够美好了。

我们认识一周年的时候，他发来一个视频请求，连通后他开始唱一首莫名其妙的歌。

我大概听到副歌才反应过来，他唱的是邓紫棋的《喜欢你》，而那些奇奇怪怪的歌词，是他学的蹩脚的粤语。

我一边听一边想，实在是太难听了。但回过神来时，我已泪流满面。